L'épouse américaine

MAI 1986 :
GRANDE OPÉRATION

VOYEZ VITE EN DERNIÈRE PAGE

MARIO SOLDATI | *ŒUVRES*

LA CONFESSION
LE DERNIER RÔLE
L'ÉMERAUDE
L'ÉPOUSE AMÉRICAINE
LE FESTIN DU COMMANDEUR
L'INCENDIE

J'ai lu 1989***

Mario Soldati

L'épouse américaine

traduction de l'italien par Françoise BOUILLOT
revue par l'auteur

Éditions J'ai lu

Ce roman a paru sous le titre original :

LA SPOSA AMERICANA

© Arnaldo Mondadori Editore, 1977

Pour la traduction française :
© Belfond, 1979

1

Pourquoi me suis-je retourné à ce moment précis ? Je l'ignore.

Tout près de là, devant moi, je voyais les riches broderies d'or, le damas blanc de la chasuble du vieux prêtre, son visage maigre et couperosé, le pétillement inquiet de ses petits yeux noirs. Et, au centre de l'autel, la Madone noire, dans sa niche d'or, dressée au-dessus des flammes rougeâtres, ondoyantes et hautes des cierges. L'antique Madone de bois noir venait d'Orient. C'était, paraît-il, une œuvre de saint Luc. Pour avoir été élevé dans un collège de jésuites, je connaissais d'avance les moindres détails de l'office que je voyais se dérouler, en ce moment, devant moi. Mais ce fut alors, seulement, que je pris conscience que ces tentures, ces ornements, ces rites venaient, eux aussi, d'Orient, qu'ils étaient comme cette Madone, très anciens, et qu'ils restaient peut-être chargés d'un pouvoir magique et terrifiant, surtout pour quelqu'un qui, comme moi, incertain de son avenir, les regardait avec autant d'intensité.

Que faire ? Me mettre la main devant les yeux ? Prier ou feindre de prier, comme tant de fois j'avais vu un marié le faire pendant la cérémonie ? Mais, déjà, le vieux prêtre prononçait la formule sacramentelle, définitive. Quelques instants plus tard, ce serait le moment du « Oui ».

C'est alors que je me suis retourné.

Il y avait fort peu d'invités : sept personnes seulement, en comptant les témoins et ma mère. De sorte qu'en me retournant je fus surpris d'en découvrir deux de plus : Vaclav et *elle*, arrivés alors que nous avions renoncé à les attendre, arrivés à temps; et peut-être aurait-il mieux valu pour moi... Mais ce ne sont là que sottises, superstitions qui me viennent maintenant à l'esprit : Vaclav, je le connaissais depuis longtemps. Mais Anna, c'est à cet instant qu'elle m'apparut pour la première fois. Voilà, je ne peux rien dire de plus : s'ils étaient arrivés une minute plus tard, peut-être aurais-je dit « Oui » en pensant vraiment à ce que je disais; alors qu'en réalité ce fut à elle que je pensai, elle que je venais enfin d'apercevoir.

Debout à côté de Vaclav – osseux, cheveux couleur paille –, elle était presque aussi grande que lui. Grande et plantureuse, avec un boléro de vison et un large chapeau marron à voilette qu'elle souleva de sa main gantée de beige, comme pour mieux me regarder, au moment précis où je me retournais. À cet instant, je la vis tout entière : son visage plein, sa peau légèrement foncée, ses lèvres charnues; son regard profond, fixé sur moi; elle se tenait immobile, l'air grave. Here I am, semblait-elle dire : me voici, c'est moi ta grande belle-sœur.

Edith, au contraire, avait les mêmes cheveux blond paille que son frère, et les mêmes joues pâles, émaciées. C'est précisément pour cette blondeur, pour cette pâleur que je l'avais remarquée, deux ans et demi plus tôt, à travers la fumée des plats, chez Cole's & Storrs, lors de mon arrivée en Amérique. Maintenant, elle était agenouillée à côté de moi. Quand, à son tour, elle s'apprêta à dire « Oui », je la regardai. Et l'enfantin regard bleu pervenche tendu vers le prêtre, le profil fort et délicat, les lèvres exsangues effacèrent à l'instant l'image d'Anna, sa grande amie, que jusqu'alors je n'avais jamais rencontrée. Les lèvres entrouvertes d'Edith tremblaient légèrement; sans doute appréhendait-elle de mal prononcer le *si* italien : « Oui ». Et, de fait, son « Oui » fut exagérément long, comme *see* ou *sea*.

En lui passant l'alliance au doigt, je sentis le contact de sa robuste main d'ouvrière, chaude et sèche. Ses mains, après son visage, étaient une des premières choses que j'avais admirées chez elle.

Comme toutes les autres serveuses alignées derrière les tables chaudes, elle portait un chemisier blanc, aux manches relevées au-dessus du coude, et une coiffe amidonnée; mais, à la différence des autres, elle n'avait pas les gants de fil blanc réglementaires. De ses mains nues, elle empoignait les louches comme des armes; et l'ardeur avec laquelle elle remplissait les assiettes des clients était franchement agressive. Je l'avais vue ainsi des semaines et des semaines durant, à l'heure du déjeuner, chez Cole's. Chaque fois, je la regardais avec attention. Elle m'intriguait, m'intéressait, peut-être davantage qu'elle ne me plaisait. Elle travaillait les yeux baissés; elle me donnait l'impression d'être toujours mécontente, presque en colère. Même dans les cas où cela eût été naturel, elle ne levait jamais les yeux sur moi : pas même quand je lui commandais le plat du jour que j'avais choisi : meat-balls with spaghetti, pork and beans, pastrami. Bref, je ne parvenais jamais à rencontrer son regard !

À Milan, ayant obtenu mon diplôme de littérature américaine, j'avais déjà enseigné comme suppléant au Parini. Mais mon anglais restait approximatif. Dans le vacarme de la cafétéria bondée, il me fallait donc parfois répéter ma commande aux autres serveuses. À elle, jamais. Elle me comprenait tout de suite, toujours. Et comme à son allure il me semblait impossible qu'elle fût d'origine italienne et, par conséquent, familiarisée avec notre accent, j'en avais conclu qu'elle était d'une vive intelligence. Un jour, enfin, je la vis rire franchement, et j'entendis sa voix. Elle plaisantait avec un très jeune étudiant qui faisait la queue devant moi avec son plateau. Elle pouvait donc témoigner de la sympathie ! Je profitai de ce moment de gaieté pour lui dire quelques mots, dès que ce fut mon tour. Je ne me souviens plus exactement de ce que je lui ai dit. Mais je sais que, tout en me répondant, elle continua de rire ouvertement et que, sur le moment, cela me déçut car j'y vis une preuve d'indifférence. J'aurais préféré qu'elle changeât d'expression, montrant par là qu'elle se rendait compte enfin de ma présence; j'aurais préféré cela, quitte à la voir reprendre l'air renfrogné qui lui était habituel. Aussi hasardai-je, obstiné et peut-être même un peu ironique, un : « You look happy, today ! » Vous avez l'air bien joyeuse aujourd'hui !

Elle eut l'air agacé : « Non ! », me répliqua-t-elle d'un ton peu aimable, en me lançant un regard de travers. Et elle se retourna très vite pour servir le client suivant. J'avais obtenu ce que je voulais : la voir à nouveau de mauvaise humeur. Mais je ne me sentais pas satisfait : je dirais que j'étais blessé. Était-ce cela que je voulais ?

Je cherchai en vain, dans les mois qui suivirent, une autre occasion d'échanger quelques mots avec elle. Parfois, je faisais exprès d'arriver un peu en avance ou en retard, pensant que le peu d'affluence me fournirait une occasion plus favorable de lui parler. Parfois, à midi, je ne la voyais plus servir derrière le comptoir; j'en déduisais alors qu'on l'avait changée de service, et je revenais le soir. Mais, toujours, je la trouvais affairée et renfrognée, et même quand elle était moins affairée, plus renfrognée encore, de sorte qu'il m'était impossible d'entamer une conversation.

Je commençai à soupçonner chez elle une certaine détermination à m'éviter : non par antipathie, mais plutôt à cause d'une irritation que je m'expliquais mal, comme si, aussitôt qu'elle m'apercevait, elle se disait à elle-même : Il est encore là, celui-là, que diable me veut-il ?

Cette attitude, naturellement, m'appâtait chaque fois davantage. Cette serveuse ne ressemblait à aucune autre. Je devinais en elle une contrariété refoulée, quelque chose de pathétique, qui, mystérieusement, me touchait. Son front était large, pur, délicatement bombé; ses fins cheveux blonds, qui jaillissaient de la coiffe, l'entouraient d'un pâle halo lumineux. Un jour, je m'étonnai qu'en haut du front, exactement à leur naissance, ses cheveux – disgracieuse infortune – soient coupés ras sur un centimètre environ, tandis que ceux qui dépassaient de la coiffe s'échappaient de toutes parts, courts, hérissés, rebelles. Je lui demandai ce qui lui était arrivé.

– Just a fucking mistake of the hairdresser, dit-elle furieuse : un malheureux coup de ciseau de ce foutu coiffeur !

Et ses grands yeux gris-bleu s'étaient remplis de larmes.

Devant ces larmes que j'avais causées sans le vouloir et auxquelles je ne m'attendais pas, j'eus presque un geste de recul, comme si elles m'avaient brûlé : j'aurais voulu ne pas les voir ! Mais, en même temps, je me sentais envahi par une étrange émotion, une faiblesse, un élan de tendresse, comme si c'était moi le responsable de ce désastre, et non le coiffeur. Ce n'était donc qu'une petite sotte, une gamine, elle avait besoin de quelqu'un qui s'occupât d'elle ! Ou, peut-être, était-ce moi qui avais besoin de la protéger ? À vingt-sept ans, c'était la première fois que je ressentais pareil sentiment, celui qu'on éprouve pour une enfant ou une sœur cadette.

Je lui conseillai bêtement de faire un peu plus attention à ce qui pouvait lui arriver.

– Mind your own fucking business, dit-elle.

Prononcé avec l'accent vulgaire des faubourgs, cela équivalait chez nous à un : Occupez-vous de vos fesses. Elle recula derrière ses présentoirs, et la fumée des plats la dissimula à mes regards.

Le vieux prêtre n'avait pas encore achevé son sermon nuptial. « ...Et je n'ai pas besoin de vous le dire. Aujourd'hui, vous êtes jeunes, mes chers enfants, mais vous savez déjà que la vie est pleine de vicissitudes, qu'elle connaît des hauts et des bas : des jours de sérénité, mais aussi des jours de souci et de discorde. Souvenez-vous alors de ce jour, de cette fête et de cette joie. Aujourd'hui, un grand enthousiasme vous a poussés à venir jusqu'ici vous unir par le saint sacrement du mariage. Et toi, très chère Edith, tu as même traversé les cieux au-dessus du vaste Océan pour venir ici même, dans l'un des plus anciens sanctuaires de toute la Chrétienté. Alors, dans ces mauvais moments que nul ne vous souhaite mais qui, malheureusement, viendront, je suis sûr que vous vous rappellerez qu'entre mari et femme il doit toujours exister une compréhension réciproque. Et vous vous souviendrez que la compréhension réciproque vient à bout de tout. Mais, quoi qu'il arrive, vous demanderez à la Madone noire d'Oropa un secours qu'elle ne vous refusera pas, parce qu'en ce moment, elle vous regarde et vous bénit. Que son image de miséricorde et de pardon soit toujours vivante dans vos cœurs. »

Je regardais le profil d'Edith, ce front haut, à la courbe délicate, où depuis longtemps déjà, les cheveux avaient repoussé; la lumière des cierges semblait l'entourer d'une impalpable auréole d'or pâle. J'étais content que le sermon prît fin, car elle connaissait encore très mal l'italien et devait s'ennuyer. La compréhension réciproque ? Plus de deux ans avaient passé depuis l'époque où nous nous voyions chez Cole's sans nous connaître. Et maintenant, nous connaissions-nous davantage ? Pouvais-je dire, désormais, que je savais tout d'elle ? Sans doute connaissais-je tous les détails, les faits insignifiants, infimes, de l'existence simple, modeste, laborieuse même, qui avait été la sienne jusqu'au jour où, après une courageuse décision, elle avait réussi à faire assez d'économies pour se payer des cours du soir de comptabilité. Mais elle, son être profond, son mode de pensée intime, tout cela me demeurait aussi mystérieux; autant que chez Cole's quand je la voyais debout, avec son grand tablier blanc et ses louches dans les mains. Que de fois j'avais été surpris par ce qu'elle disait, pendant tout le temps où nous avions vécu ensemble en nous voyant tous les jours ! Moi-même, je ne connaissais pas véritablement la nature de mes sentiments à son égard : j'ignorais encore pourquoi j'en étais arrivé un jour à éprouver le besoin de l'épouser, comme un devoir, ou comme on subit un destin inéluctable !

Pendant la cérémonie, tout le temps que dura la messe, je ne me retournai plus vers ma belle-sœur, Anna. Et si je ne le fis pas, ce ne fut pas tant par souci des convenances que par peur : peur de la revoir comme je l'avais vue. J'aurais voulu ne plus la revoir après la cérémonie :

qu'elle ait disparu. Ou, du moins, la trouver moins séduisante qu'elle ne m'avait semblé lorsque je m'étais retourné. De tout mon cœur, je désirais m'être trompé.

Une fois la messe finie, il nous fallut passer à la sacristie pour signer les registres paroissiaux. Ma mère avait aimé Edith dès le premier instant. Elle s'était pourtant attristée à l'idée de ces noces nécessairement modestes et quasiment clandestines. Elle avait toujours rêvé pour moi d'une cérémonie à San Fedele ou Sant'Ambrogio; elle voyait la mariée avec sa traîne, les demoiselles d'honneur, les fleurs d'oranger; l'accompagnement à l'orgue avec un ténor de la Scala; elle imaginait le Tout-Milan, des dizaines de noms du Bottin mondain. Ce dont, naturellement, je n'aurais voulu à aucun prix. Du reste, elle ne pouvait davantage y prétendre, étant donné l'épouse que j'avais choisie. Notre situation financière ne nous l'aurait même pas permis, et la mariée, bien qu'américaine, était encore plus pauvre que nous. Compte tenu de ces éléments, ma mère nous avait suggéré de nous marier loin de Milan, et c'est elle qui avait pensé au sanctuaire d'Oropa : après tout, elle était lombarde, mais veuve d'un Piémontais.

Notre petit cortège était à peine entré dans la sacristie que l'atmosphère des mariages religieux italiens – cette vieille atmosphère maligne, subtilement inquiétante, toujours un peu lugubre, et même funèbre dans cet ermitage au milieu des montagnes – fut d'un seul coup exorcisée, pour moi du moins, par la brève et furtive explosion de joie d'Edith et d'Anna heureuses de se retrouver. Elles s'embrassaient, riaient, versaient quelques larmes, s'injuriaient affectueusement dans l'argot intarissable de Willimantic hermétique et incompréhensible, même pour moi. Mais cela ne dura que quelques instants, de sorte que je fus le seul à m'en apercevoir. Et le plus beau, ce qui me toucha le plus, ce fut justement de voir avec quelle retenue, quel maintien, quelle discrétion les deux grandes amies, malgré leur très jeune âge, parvenaient à modérer leur émotion. Dans ce souci du protocole, il entrait autant de timidité que d'orgueil. Elles se savaient étrangères parmi nous. Et, avec ce sens de la hiérarchie sociale si vif chez les jeunes filles américaines, elles se sentaient d'une classe inférieure. Pour rien au monde elles n'auraient voulu faire mauvaise figure ! Les autres personnes présentes, qui ne les observaient pas avec la même attention que moi, devaient les prendre pour de jeunes bourgeoises, filles de médecin ou de fonctionnaire : alors que, depuis l'âge de seize ans, Edith avait toujours travaillé dans des cafétérias, des snacks, et qu'Anna n'avait jamais fait d'autre métier que celui de show-girl : elle travaillait dans les music-halls, ce qui lui avait permis de sillonner toutes les Amériques.

Dans la sacristie, j'embrassai mon beau-frère Vaclav, que je n'avais vu qu'une seule fois, deux ans auparavant. Puis je me trouvai devant sa femme : j'étais enfin en face d'Anna. Je l'embrassai elle aussi.

Je sentis contre moi son grand corps doux, tranquille, qui ressemblait si peu à celui, anguleux, nerveux, agile, d'Edith. Un corps si différent de celui d'Edith et si désirable en soi, comme s'il n'était fait que pour l'étreinte amoureuse... En y repensant aujourd'hui, alors que le temps n'a pas encore défraîchi le souvenir de ma jeunesse, je crois pouvoir dire qu'à première vue Anna ne m'a pas attiré de la même façon qu'Edith; ce que j'appelais alors sa *désirabilité objective* n'était qu'un moyen de me protéger d'une réalité qui me troublait, un euphémisme commode pour me cacher à moi-même cette évidence triviale : Anna m'attirait justement parce que je sentais qu'elle devait attirer beaucoup d'autres hommes. En l'embrassant, je respirai son parfum français, Guerlain ou Rochas. Alors que le seul parfum d'Edith avait toujours été Ivory Soap, un savon de Procter & Gamble. Je n'étais pas surpris du contraste entre les deux amies. Edith m'avait tellement parlé d'Anna qu'il me semblait la connaître déjà. Edith m'avait même avoué par la suite que les premiers temps, en me voyant chez Cole's, elle ne savait pas si je lui étais antipathique ou non; et tout avait changé ce fameux vendredi soir où nous nous étions rencontrés par hasard à Manhattan et où, à son immense surprise, je lui avais dit que j'étais italien. Cela lui semblait impossible. Elle me croyait espagnol ou français. Italien? Italien comme les parents d'Anna? Mais alors, j'étais O.K.! Anna portait le nom sicilien de Russo. Moi, le nom piémontais de Talucchi. À l'un comme à l'autre était également étranger le nom tchèque de Sladek : Vaclav et Edith Sladek. Mais une divinité suprême dispose de nos existences, les entrelace, les façonne, et mon histoire serait très différente si le Hasard, ayant décidé de tout, avec une extrême précision, jusqu'à la moindre fraction de seconde, n'avait pas sciemment voulu qu'elle soit ce qu'elle a été.

2

Ce soir-là, vendredi 1er juin 1961, j'avais décidé de fêter seul la fin du Spring Term. J'enseignais depuis le mois d'octobre à Storrs, l'université du Connecticut. L'expérience que j'avais faite, au terme du dernier semestre de l'année précédente, m'incitait à ne pas accepter une seconde invitation chez l'un de mes collègues, maître-assistant comme moi, ou professeur. De très braves gens, par ailleurs, cordiaux et hospitaliers. Il me déplaisait, sans doute, de rivaliser avec eux dans les quantités d'alcool qu'ils croyaient obligatoire de consommer à cette occasion. Et je savais aussi qu'à la tristesse qui m'accablait à la fin de leurs *parties* je préférais la mélancolie parfois délicieuse de la solitude.

Je décidai de faire un tour à New York, à Manhattan : d'aller d'abord au cinéma, puis de dîner seul dans un snack quelconque. Le petit appartement que j'avais réussi à louer à Willimantic était trop éloigné de Storrs pour que je puisse me passer d'une voiture. Je m'étais donc acheté une Volkswagen d'occasion qui convenait parfaitement à ce que j'en attendais.

Un peu plus de trois heures de trajet : je laissai ma voiture dans un parking de Columbus Circle, bien heureux de me retrouver seul, loin de l'Italie, parmi les joyeuses rumeurs d'une foule en fête : le Samedi du village (1) était devenu pour moi le Vendredi de la Métropole. Je finis par entrer dans un cinéma. Je ne me rappelle plus quel film j'ai vu. J'en sortis vers neuf heures. En remontant vers Central Park, je pris à un moment donné une rue latérale, plutôt obscure et peu fréquentée, me rendant compte qu'ainsi je me dirigeais vers la Septième Avenue et m'éloignais de Columbus Circle, où j'avais laissé la voiture : je me mis alors à ralentir le pas, avec la vague idée de faire demi-tour et de retourner tout de suite à Willimantic, pour aller jusqu'à Storrs, chez Cole's qui restait ouvert tard. Je n'y étais pas retourné depuis quelques jours : les examens m'avaient contraint à faire des heures

(1) « Il sabato del villaggio » : le fameux poème dans lequel Giacomo Leopardi (1798-1837) chante la joie brève du repos hebdomadaire.

supplémentaires, et je prenais mes repas dans une autre cafétéria, au sous-sol de l'université. Les cheveux blonds d'Edith n'étaient pas étrangers à ma démarche plus ou moins inconsciente. Un espoir que je n'osais pas m'avouer à moi-même ! J'avais honte à présent de penser à Edith comme à un caprice voué à l'insuccès, comme à une obsession ridicule. Je cherchais donc à me délivrer d'elle, du moins pour ce week-end, en commençant, pourquoi pas, à m'en délivrer dès ce vendredi soir, ne sachant même pas si elle était de service ce soir-là.

Dans cette indécision comique, je ralentis le pas tout en marchant toujours vers la Septième Avenue, c'est-à-dire vers la liberté, dans la direction opposée à celle de mon instinct d'homme faible. Et, une fois parvenu au feu rouge de la Septième Avenue, l'homme fort en moi se vit soudain récompensé : devant cette brillante fantasmagorie de couleurs, cette longue file de restaurants, snacks, cafétérias, grills – je n'avais que l'embarras du choix –, je compris que j'avais une faim de tous les diables.

Feu rouge : je me joignis au petit groupe de piétons qui attendaient. Feu vert : je traversai tranquillement la rue avec eux. Une fille et un marin en uniforme de toile blanche me dépassèrent en courant. Ils riaient et me bousculèrent un peu, au passage.

La fille, c'était Edith !

Ils s'arrêtèrent un peu plus loin, sur le trottoir, et tout en continuant de rire et de discuter ils regardaient vers une grande brasserie qui occupait tout l'angle de la rue. Avant même que j'aie pu les rejoindre, ils se mirent d'accord et entrèrent dans la brasserie. Je les y suivis : un feu rouge venait de décider de ma vie.

De la sacristie nous passâmes à un long et

vaste parvis en pente, rectangulaire et fermé par des portiques massifs. À l'étage supérieur courait une autre galerie de portiques flanquée d'une série de courts piliers presque écrasés par un toit pointu aux tuiles de pierre. Étrange et émouvante vision des siècles passés : jadis des foules de pèlerins, venus faire leurs dévotions à la Madone noire, montaient à pied jusqu'ici et passaient la nuit dans de modestes pièces donnant sur cette galerie, anciennes cellules de moines. Par-delà le toit, au-dessus des trois côtés du parvis, le quatrième donnant sur la vallée, se dressaient les montagnes.

Le vert sombre des bois et celui plus clair des prés formaient deux bandes irrégulières dominées par le gris sombre d'âpres parois rocheuses, puis par de grands couloirs où les langues blanches des derniers névés demeuraient encore, enfin par le profil dentelé des crêtes, noires contre le ciel bleu.

Alors que le temps était incertain quand nous étions entrés dans le Sanctuaire pour la cérémonie, il faisait maintenant un soleil resplendissant, brûlant, malgré de froides rafales de vent qui nous fouettaient le visage : le mois de mai, en montagne, ressemble au mois de mars.

« Gorgeous ! » s'écria Edith en me prenant la main et en s'élançant avec moi vers le portail de l'église où l'un de nos témoins, un vieil ami, était en train d'installer un Rolleiflex sur son trépied. Edith, naturellement, ne s'était pas habillée en mariée : je n'étais pas parvenu à la dissuader de mettre le simple petit manteau gris que je lui avais vu bien souvent. Mais la frileuse Anna arborait son magnifique boléro de vison.

Nous nous alignâmes pour la photo de mariage. Au centre, Edith et moi. À la droite d'Edith, ma mère et le vieux prêtre. À ma gauche, Anna et Vaclav, qui n'étaient mariés que depuis un mois. En attendant que le photographe se décidât à opérer, nous parlions et riions entre nous. Vaclav se tenait tout contre Anna, mais il gesticulait et ne cessait de bavarder. Levant sans arrêt son long bras au-dessus des épaules d'Anna, il me gratifia d'une tape inattendue et chaleureuse :

— You know, Edward ? Nous ne nous sommes vus qu'une seule fois, mais je ne t'ai jamais oublié ! Cela fait exactement deux ans !

Après avoir traversé la Septième Avenue au feu vert, Edith et son marin étaient entrés dans la brasserie et je les avais suivis.

Des boxes en bois clair, style chalet bavarois, comme on en voit à New York dans tant de brasseries. Un monde fou. J'avais trouvé une table libre, assez loin d'eux, d'où je pouvais les observer. Edith fumait : elle me faisait face, le marin me tournait le dos. Elle m'aperçut presque aussitôt : à ma grande surprise, elle me salua d'un sourire spontané et franc. Elle, d'habitude si renfrognée quand elle me voyait chez Cole's, était-elle donc contente de me revoir ? Mais je me dis que c'était peut-être le fait d'être avec son boy-friend qui la rendait si contente.

Je commandai au garçon une bière et un hamburger ; au même moment, Edith de sa main qui tenait la cigarette me fit signe de venir à leur table, m'indiquant que, si elle se poussait au fond de la banquette, il y avait assez de place pour moi dans leur box. Le marin s'était levé, tourné vers moi, souriant lui aussi. Le garçon protesta : ce box, là-bas, ne faisait pas partie de son service. Je lui glissai un pourboire et me dirigeai vers eux.

Le marin était resté debout. Blond, très maigre, dégingandé dans son uniforme, des yeux bleus étincelants, il était tellement grand que sa tête effleurait le plafond bas de style tyrolien. C'était la première fois qu'Edith me tendait la main : elle saisit la mienne avec impatience et la serra d'un geste énergique, affectueusement, comme si elle retrouvait un vieil ami. Je n'avais jamais *senti* sa main; elle était telle que je m'étais plu à l'imaginer : forte, large, sèche, nerveuse, franche.

– This is my brother, dit-elle en riant.

Son frère ! La dernière chose à laquelle j'aurais pensé ! Et, en effet, ils se ressemblaient beaucoup. Même leurs mains étaient semblables. Mais celle de son frère était moite, détail pour moi si déplaisant que, si celle d'Edith l'avait été aussi, cela seul aurait suffi à détruire tout son charme.

– Sit down, professeur Telucci.

Elle m'invita à prendre place à côté d'elle dans le box.

– Vous connaissez mon nom ?

– Bien sûr. Comment voulez-vous que je l'ignore ? Tout le monde le connaît, à Storrs, vous y êtes depuis si longtemps !

– Mais moi je ne connais pas le vôtre.

J'étais amusé à l'idée que, pour elle, dix mois puissent représenter *such a long time*.

– Comment vous appelez-vous ?

– Edith. Et mon frère c'est Vaclav, un nom tchèque, Venceslas. Nous sommes nés ici, mais nos parents ont quitté la Tchécoslovaquie peu après la guerre. Et vous, vous êtes européen, *of course*, professeur Telucci. Mais de quelle nationalité ?

Sans me soucier de corriger sa façon de prononcer mon nom, je lui dis que j'étais italien. Ce fut alors pour elle une grande surprise, et aussi la première des innombrables fois où elle devait me parler d'Anna, sa grande amie italo-américaine :

– Elle est au Mexique en ce moment; elle fait

du music-hall, elle est en tournée, un show formidable ! Elle est danseuse, et elle chante aussi ! A beauty, une beauté ! Quand elle reviendra à Willimantic je vous la présenterai, vous ferez connaissance, vous deviendrez amis. Elle vous plaira, Anna plaît à tous les hommes. Elle aussi est italienne, mais vous ne vous ressemblez vraiment pas du tout. Elle vous plaira quand même !

Vaclav était en permission et rembarquait le lendemain. Il me dit le nom de son cuirassé. Il ne serait démobilisé que fin 62, il en avait encore pour un an et demi. Un an et demi dans le Pacifique ! Comme c'était son dernier soir de liberté, il avait décidé de le fêter avec sa sœur, à New York. Rester à la maison, avec leurs parents, des gens âgés, retraités, trop triste ! Ils étaient donc allés au cinéma. Je leur dis que j'y étais allé moi aussi.

Nous nous mîmes aussitôt à parler à bâtons rompus, à rire et à plaisanter de tout, dans un feu roulant de questions et de réponses : cinéma, New York, mes collègues professeurs à Storrs, ma vie entre Willimantic et Storrs; mes weekends en montagne à faire du ski, la nourriture italienne, américaine, tchécoslovaque; la vie des marins à bord des cuirassés ou quand ils descendent à terre; la puissance navale soviétique et celle des États-Unis; ce que ferait Vaclav à sa démobilisation, dans un an et demi; ce que je ferais, moi, quand, environ à la même époque, je retournerais à Milan... et Edith, que ferait Edith ?

— Rien d'autre, je suis contente comme ça. Peut-être travailler un peu moins, ou même changer de travail, faire autre chose, et gagner un peu plus. Voilà, c'est tout.

Elle alluma une autre cigarette.

— Tu te marieras, dit Vaclav.

— Oh, shit ! dit Edith : merde ! Je ne veux pas

d'enfants. Et pourquoi se marier si on ne veut pas d'enfants ?

J'avais Edith à côté de moi, son frère me faisait face. C'est pourquoi je garde de cette extraordinaire soirée un souvenir plus précis de lui que d'elle. Edith mangeait à peine et fumait presque sans interruption. Elle avait posé sur la table trois paquets de marques différentes, et chaque fois qu'elle allumait une nouvelle cigarette, elle changeait de paquet. Vaclav, lui, buvait des chopes de bière à la file, et mangeait voracement de tout, sauf les bretzels qu'il ne portait même pas à sa bouche, mais qu'il morcelait continuellement de ses longs doigts étonnamment maigres, délicats presque. Il les regroupait ensuite en une série de petits monticules sur la nappe de papier à damier blanc et rouge. Il était très gai et très nerveux, pas aussi sympathique que sa sœur. Peut-être déjà un peu soûl :

– Edward ! me dit-il au dessert, may I call you Edward ? You may call me Vaclav.

C'était comme s'il me proposait de nous tutoyer.

– Bien sûr.

– And how do you say Edward in Italian ?

– Edoardo.

– Well, Edoardo, what about a little whisky now ?

Étant ennemi du whisky, j'hésitai. Mais Edith approuva avec enthousiasme, et, ne voulant pas lui déplaire, je finis par boire un whisky, Edith deux ou trois, et Vaclav je ne sais plus combien.

Il était plus de onze heures et le dernier autobus qu'ils devaient prendre pour retourner à Willimantic allait bientôt passer. J'avais déjà prévu de les raccompagner en voiture, mais pour le moment je n'en parlais pas : autrement, Dieu sait quand Vaclav aurait songé à lever le camp. Il s'était commandé une autre bière qu'il mélangea à son whisky. Il se mit à chanter. J'en profitai pour m'éclipser un moment et réglai discrètement l'addition. C'était là un geste de bourgeois européen qu'ils n'apprécieraient peut-être pas : surtout Edith. Mais pourquoi prétendre être différent de ce que je suis ?

Quand je revins au box, je vis qu'Edith me regardait attentivement.

– Il faut partir, dit-elle à Vaclav en regardant l'heure. Demandons l'addition.

Je murmurai que c'était déjà fait.

– Edoardo, il ne fallait pas ! protesta-t-elle en prononçant fort bien mon nom en italien, nous ne sommes pas en Europe.

– Bon, c'est entendu, la prochaine fois c'est vous qui paierez. Vous ne voulez pas qu'il y ait une prochaine fois ? Nous nous reverrons, j'espère... Peut-être serai-je encore ici au retour de Vaclav.

Nous sortîmes. L'air de la nuit new-yorkaise venait de l'Hudson, vif et frais bien que nous fussions déjà en juin. Vaclav titubait, nous le prîmes chacun sous un bras. Après un ou deux pâtés de maisons, au lieu de me diriger vers Down Town où se trouvait leur station d'autobus, je pris la direction de Colombus Circle, en finissant par leur avouer que j'avais garé ma voiture là-bas.

– Edoardo ! Tu es un ami ! cria Vaclav en me passant les bras autour du cou et en m'embrassant sur la bouche.

Dans la voiture, il n'y eut rien à faire : il tenait à s'asseoir à côté de moi. Au début, Edith s'y opposa : elle ne se résigna que lorsqu'elle s'aperçut que Vaclav était trop grand pour le siège arrière de la Volkswagen. Mais ensuite, pendant le trajet, il ne savait où mettre son bras gauche, lui aussi très long : il le passa derrière mon siège, dodelina doucement de la tête, et finit par le laisser tomber sur mon épaule.

– Laisse-le conduire, le pauvre ! répétait Edith, tandis que lui, peut-être, s'était déjà endormi. Peut-être.

3

Je ne revis pas Edith pendant quelques jours. Certes, à mon réveil le samedi matin, après notre rencontre à la brasserie, mon premier réflexe avait été d'aller chez Cole's pour la revoir. Mais, comme je l'appris plus tard, et même trop bien appris, je crois que dans leur jeunesse, les hommes comme les femmes refusent tous, au plus profond d'eux-mêmes, toute nouvelle sympathie sincère, comme s'ils la mettaient à l'épreuve, prenant même le risque de l'étouffer à sa naissance. C'est là une prudence instinctive, une défense. Quelque chose nous avertit confusément : nous allons perdre notre libre et irremplaçable solitude qui nous est peut-être plus chère que toutes les joies à venir. Ce n'est pas clair dans notre esprit, et d'ailleurs, nous ne nous l'avouons jamais : si nous hésitons, cela nous semble une preuve évidente que le désir de revoir celui ou celle qui occupe notre pensée n'est pas si fort; nous commençons par nous dire que le jeu n'en vaut pas la chandelle, ce qui nous permet ensuite de retourner notre raisonnement, et d'en conclure que ce n'est pas sérieux, que nous ne courons aucun risque, et, progressivement, nous nous laissons aller. Plus tard, beaucoup plus tard, quand tout est joué désormais et qu'il n'y a plus rien à faire, nous nous souvenons de nos premières hésitations, si lointaines, si dépassées; et seulement alors, mais trop tard, nous comprenons que c'étaient autant de signaux d'alarme.

J'avais pour *rechearch assistant* une jolie fille, studieuse, intelligente et sympathique, qui avait séjourné en Italie et parlait bien l'italien. Elle s'appelait Shirley. Elle était myope et peut-être d'une nature mélancolique, mais ses grandes lunettes cerclées d'or, rondes et légères, donnaient à son gracieux petit visage et à son léger sourire une perpétuelle lueur de malice. Je lui avais fait un brin de cour; et elle avait eu l'air de me le rendre. Nous nous entendions bien, en somme, et nous avions plaisir à nous retrouver ensemble. L'hiver, certains week-ends, nous étions allés faire du ski dans les montagnes de l'Upper New York State. Nous avions même fini au lit : avec plaisir pour l'un comme pour l'autre, je crois, mais, curieusement, sans débordement de passion, sans que cela prêtât à conséquence et surtout sans que cela modifiât nos relations de quelque façon et à quelque niveau que ce fût : collaboration, amitié loyale, respect mutuel. Il en est ainsi quand on couche avec des Américaines bien élevées.

Bref, en me réveillant ce samedi matin, je surmontai aisément mon désir de revoir tout de suite Edith en téléphonant à Shirley. Elle avait un ou deux amis avec lesquels elle faisait l'amour, et elle ne me le cachait pas : sans jamais me le dire explicitement, elle me le laissait entendre. Quoique la voyant tous les jours à l'université, je n'étais plus sorti avec elle depuis quelque temps. Nous avions toujours bien fait les choses : nous maintenions rigoureusement secrètes nos fugues hivernales, ce qui nous permettait d'éviter les ragots. Shirley me dit qu'elle n'était pas tout à fait libre ce week-end, mais qu'elle pouvait se libérer. « Je passe un coup de téléphone. » Elle me rappela peu après : « O.K. » Nous allâmes

à la mer, à Pawcatuck. Et, de toutes mes esca-
pades avec Shirley, celle-ci fut la plus détendue
et la plus calme.

Je ne retournai chez Cole's que le mercredi
soir. J'avais différé cette décision de quatre jours,
un peu dans l'espoir de ne pas y trouver Edith,
m'étant juré à moi-même que si elle n'était pas
de service j'attendrais jusqu'au mercredi suivant.

J'y étais allé plus tôt, à l'heure de la grosse
affluence, précisément pour constater quel effet
cela me ferait de ne l'apercevoir que furtivement
et de loin.

Si elle n'y était pas, c'était parfait. Et si elle
y était, très bien aussi : en restant près de l'entrée, dans la cohue des étudiants, je pourrais
facilement sortir tout de suite, m'en aller,
repousser au lendemain soir, repousser encore…

Elle n'y était pas.

Puisqu'elle n'y était pas, aucun danger ! La
voie était libre ! Je pris un plateau et me joignis
à la file d'attente.

Je suis naturalisé américain depuis huit ans :
eh bien, aujourd'hui encore, la seule chose que
je déteste aux States, c'est de faire la queue.
Haine compréhensible : j'ai aimé l'Amérique,
dès le premier jour, pour la liberté dont on y
jouit et qui tient essentiellement à deux phéno-
mènes : l'extraordinaire égalité de droits dont
bénéficie chaque citoyen, et la surabondance
d'espace vital que chacun peut y trouver à tout
point de vue : géographique, physique, animal.

Or, si les Américains ont inventé le self-service,
c'est parce qu'ils préfèrent l'inconvénient de faire
la queue au désagrément d'être garçons de café :
parce qu'ils ont choisi de laisser la plus grande
liberté possible au plus grand nombre d'individus
possible, plutôt que de réduire celle de quelques-
uns. Mais ce choix découle directement du grand
choix que firent un jour les Américains : leurs

ancêtres avaient fui l'Europe parce qu'ils se sentaient en quelque sorte les esclaves d'une certaine classe d'Européens. Ce choix montre donc la secrète persistance, chez eux, d'un complexe d'infériorité vis-à-vis de l'Europe; il révèle peut-être aussi, sous l'influence d'émigrés plus anciens, leur souci extrême de se défendre de toute vague accusation d'esclavagisme. En somme, leur idéal d'égalité était si absolu, si maniaque, si fort qu'il a fini par anéantir cet autre idéal que le pays leur offrait naturellement : l'idéal, non moins important, de l'espace vital.

Il va de soi, ce me semble, que beaucoup d'êtres humains préféreraient travailler comme serveurs plutôt que de manœuvrer un marteau-piqueur ou les commandes d'un laminoir dans une aciérie. Il suffirait, pour assainir les choses et abolir notamment les queues aux States, de détruire ce complexe européen d'infériorité inavoué qui, en Amérique, avilit l'honorable métier de serveur ou de serveuse : il suffirait, pour commencer, que tous les employés de la restauration perçoivent, en vertu d'une nouvelle loi, une rémunération double de celle de tout autre travailleur. Et cela va venir, cela se fait déjà. Je connais suffisamment l'Amérique pour le savoir.

Je suis citoyen américain depuis huit ans et, à l'exception d'un séjour d'un peu plus d'un an à l'étranger, je vis en Amérique depuis dix-sept ans. Mais je ne me suis jamais habitué aux queues. Imaginez-vous à l'époque, en 1961 ! Je m'en accommodais du mieux que je pouvais ! J'avais un livre dans ma poche, je le posais sur mon plateau en me servant d'une assiette vide comme pupitre, et je lisais tout en avançant pas à pas dans la file. C'étaient toujours des vers, parce qu'il n'y a que les vers qu'on puisse lire dans ces conditions. Et de préférence des vers courts : Robert Frost, Yeats, *Chamber Music*, Joyce, les *Underwoods* ou les *New Poems* de Stevenson. Les queues de chez Cole's me paraissaient particulièrement interminables. Elles duraient parfois jusqu'à vingt minutes. Mais on ne peut pas bien comprendre une poésie, la première fois qu'on la lit, dans le vacarme et le brouhaha d'une cafétéria d'étudiants : cela réclame du silence et de la concentration. Aussi avais-je découvert que le meilleur moyen de faire la queue n'était pas tant de lire que d'apprendre par cœur une poésie que j'avais déjà lue et qui m'avait plu pour une raison précise.

À chaque arrêt, j'en relisais une strophe, et, à chaque nouveau pas en avant, je fermais les yeux et me la répétais à moi-même : ainsi, à force d'avancer et de m'arrêter, j'apprenais peu à peu un court poème. Puis, une fois assis à table, tout en mangeant avec le livre ouvert à côté de mon assiette, je me le récitais mentalement. Ce soir-là chez Cole's c'était une poésie de Stevenson, et je m'en souviens par cœur aujourd'hui encore, non pas tant à cause de sa beauté – Stevenson a écrit une quantité de vers infiniment plus dignes d'être retenus – mais parce que ce poème correspondait à mon enthousiasme juvénile : le désir de devenir citoyen américain, que je commençais à éprouver au cours de ces mois-là précisément. En outre, ce poème était inachevé. Très étrange, pensai-je. Je m'étais mis en tête, je ne sais pourquoi, que, à part *Weir of Hermiston*, roman que sa mort avait interrompu, Stevenson avait toujours achevé ses écrits : pendant un instant, je pensai stupidement à une coïncidence de mauvais augure. Par la suite, en étudiant à fond Stevenson, je m'aperçus qu'il avait laissé inachevées plusieurs autres œuvres : *The Young Chevalier, St Yves, The Great North Road, Heathercat, The Story of a*

Recluse, etc. Mais là, sur le moment, j'oubliai cette ombre et je me passionnai de nouveau pour cette petite poésie.

I look across the ocean,
    and kneel upon the shore,
I look out seaward – westward,
    my heart swells more and more.

Je regarde par-delà l'océan,
    et m'agenouille sur le rivage,
je regarde la mer, l'occident,
    et mon cœur se gonfle de plus en plus.

I see the great new nation,
    new spirit and new scope
rise there from the sea's round shoulder
    a splendid sun of hope !

Je vois la grande nation nouvelle,
    esprit nouveau et fins nouvelles
se dresser là sur la ronde échine de la mer
    tel un splendide soleil d'espérance !

I see it and I tremble
    my voice is full of tears
America, tread softly,
    you bear the fruit of years.

Je la vois et je tremble
    ma voix s'emplit de larmes
Amérique, marche doucement,
    tu portes la moisson des siècles.

Tread softly – you are pregnant
    and growing near your time...

Marche doucement – tu es enceinte
    et ton heure approche...

Les deux derniers vers manquaient. En sollicitant instinctivement mon anglais encore pauvre, je m'essayais à les recomposer. Tout en approchant du comptoir, je cherchais d'instinct, les yeux fermés, une rime à *time*. *Lime*, chaux ? *Dime*, la petite pièce d'argent américaine de dix centièmes de dollar ? Ou bien *climb*, monter ? *Crime*, meurtre ?

Malgré le vacarme et le brouhaha, je m'entendis appeler :

– Professeur Telucci ! Edoardo !

Edith ne se trouvait pas à son poste de travail habituel, mais au fond, derrière le rayon vitré des desserts, près de la caisse. Et elle avait quelque chose de différent... Ah oui, un chemisier et une coiffe bleu clair. Toutes les serveuses portaient ce nouvel ensemble, l'uniforme d'été : jusqu'à ce moment, je ne m'en étais pas encore aperçu.

Je lui adressai un salut de la main, en lui faisant comprendre que j'arriverais bientôt à sa hauteur. Et maintenant que je la voyais, alors que je ne m'y attendais pas, j'étais heureux.

4

Nous nous donnâmes aussitôt rendez-vous. En se penchant au-dessus du comptoir pour poser une lemon-pie sur mon plateau, Edith m'avait dit de l'attendre du côté du parking, à une heure du matin, heure où elle terminait son service.

Je m'assis le plus près possible de la caisse et restai à table aussi longtemps que je le pus. Je regardais Edith, je lui souriais et elle me rendait mon sourire. Mais trop ostensiblement. Tout près d'elle se tenait la vieille caissière, une tête de boucles grises. Les coups d'œil nettement désapprobateurs qu'elle nous lança derrière ses lunettes nous contraignirent à plus de modération.

Simplement *voir* Edith était pour moi une joie. Si je veux être sincère, je dois même dire que la regarder et rencontrer chaque fois son sourire me suffisait. Peut-être sentais-je que je n'aurais jamais dû attendre d'elle quoi que ce soit de plus ? Son grand front, légèrement bombé, la lumineuse pâleur de ses joues émaciées, ses mains fortes, son cou frêle et son buste élancé étaient un spectacle que j'admirais sans me lasser. Le fait qu'elle n'ait pas hésité à m'accorder le rendez-vous que je lui demandais me parut la preuve qu'elle ressentait pour moi, dans une certaine mesure, le même sentiment que j'éprouvais pour elle; et mon désir, étrangement, s'affermissait dans la certitude d'une mystérieuse *affinité élective*, comme si la seule grâce que je demandais au destin fût justement de ne jamais la perdre de vue, même quand elle ne savait pas que je l'observais, de la protéger un peu comme un père inquiet veillant sur sa petite fille, enchanté par sa beauté, ému de son innocence, et qui, si quelqu'un l'abordait, même un autre enfant, s'alarmerait, se mettrait en colère, jaloux et prêt à s'interposer.

À un certain moment, en effet, un étudiant portant un plateau s'attarda plus qu'il n'était normal près d'Edith. Il était grand, athlétique. Pour ne pas empêcher ceux qui faisaient la queue derrière lui de choisir leur dessert, il reculait alors d'un demi-pas, me cachant sa vue. Dans un élan irrésistible, je me levai et déplaçai ma chaise de façon à voir Edith. Ma manœuvre n'échappa pas à la caissière. Furieux, je revins à Stevenson et me concentrai sur lui. Sans me soucier du mauvais augure, j'essayai de nouveau d'inventer les deux derniers vers manquants. Cette fois, je trouvai d'un seul coup :

Tread softly – you are pregnant
*   and growing near your time :*
the future of humanity
*   is fused in your dime.*

Marche doucement – tu es enceinte
    et ton heure approche :
l'avenir de l'humanité
    est fondu dans l'argent de ta pièce.

Oh ! Stevenson n'aurait certainement pas conclu ainsi. L'année suivante, à Milan, en préparant un cours sur Stevenson, je découvris qu'au moment où il composa cette poésie sa femme attendait un enfant. Elle s'appelait Nelly Van der Grift et était américaine. Stevenson avait donc superposé deux images, l'Amérique et Nelly, l'une étant le miroir de l'autre.

Edith se faisait attendre. À présent, toutes les serveuses étaient sorties, sauf elle. Je regardai l'heure. J'étais à la torture. C'était trop beau ! Je m'étais fait des illusions ! Je me dis qu'elle avait dû changer d'avis, et décider peut-être d'aller avec cet étudiant qui s'était arrêté si longtemps pour lui parler. Elle était sans doute sortie, avec lui, par la porte de service. Probablement, elle s'était moquée de moi et n'avait fait que m'abuser par ses sourires trompeurs. Une attitude contraire à tout ce que je croyais savoir des filles américaines, et qui contredisait aussi tout ce qu'il me semblait avoir compris d'Edith que je devinais capricieuse, sans doute même coquette, mais avant tout loyale.

Il est vrai que jusqu'à cette époque mon expérience des Américaines était plutôt réduite, dans la mesure où elle se limitait à mes élèves, mes assistantes et aux plus jeunes des épouses de mes collègues enseignants. Avant Edith, je n'avais jamais connu de fille qui travaillât de ses mains. Et bien qu'aux States deux classes seulement se distinguent des autres, celle des capitalistes et celle des miséreux, alors que les classes moyennes se ressemblent toutes assez, j'avais toutefois remarqué que de nombreuses et imperceptibles nuances de mentalité différenciaient entre elles ces mêmes classes moyennes.

Tout en réfléchissant à cela, je faisais les cent pas le long d'un mur aux sombres baies vitrées, derrière la cafétéria : sur l'immense esplanade du parking il ne restait plus, çà et là, que quatre ou cinq voitures, dont la mienne qui me paraissait très lointaine. L'attente se prolongea. Je n'avais pas perdu tout espoir, non, mais j'étais pris d'un découragement nouveau : si Edith venait, de quoi parlerais-je avec elle ? Que lui dirais-je ? Le vendredi soir, à la brasserie, avait été un moment magique et heureux; la présence de Vaclav nous avait libérés, et nous avions fait le tour de tous les sujets de conversation. Mais, depuis ce soir-là, qu'avions-nous encore en commun, elle et moi ?

Je ne me rendais pas compte, alors, de l'inanité de mes réflexions. Quand on est jeune et qu'on désire une fille, on ne doit pas penser à ce qu'on va lui dire : on ne doit penser qu'à la serrer dans ses bras ! Moi, bien sûr, j'y pensais. Mais, d'une certaine façon, cela ne me paraissait pas juste, pas suffisant. Sa présence seule – rien de plus – était suffisante et juste. J'aurais voulu quelque chose d'absurde : parler longtemps d'amour mais en silence, sans la prendre dans mes bras, en ne faisant que l'effleurer.

Dans l'obscurité, la lointaine petite flamme

32

d'un briquet ou d'une allumette se refléta dans les sombres baies vitrées. Une ombre apparut. Elle avançait d'un pas rapide et décidé : cette démarche vive, ces longues jambes, je la reconnus. Elle fumait, toute joyeuse.

– Excuse-moi, je suis terriblement en retard. J'étais tout en sueur. I had a shower. J'ai pris une douche. Où allons-nous ?

Où allons-nous ? Durant cette longue attente, c'était peut-être la seule chose à laquelle je n'eusse pas pensé. À cette heure de la nuit, il n'y avait plus rien d'ouvert, ni à Storrs ni à Willimantic, Cole's étant le dernier endroit à fermer tard.

– Je n'ai plus de cigarettes, dit-elle.

– Allons en acheter !

– Ah oui, et où ? À New York ?

Et elle éclata de rire parce que New York se trouvait à cent cinquante miles de là. C'est alors qu'il me vint une idée merveilleuse, qui me donnait un prétexte à passer une demi-heure en voiture avec elle :

– À Hartford ! dis-je. Allons à Hartford, il y a un Shoprite qui reste ouvert tard !

– Oui, mais au Shoprite il faut les acheter par cartouches entières !

Cette remarque qui venait de lui échapper me confirma ce que je soupçonnais déjà sur sa situation pécuniaire et son train de vie : sans doute l'achat d'une simple cartouche de cigarettes représentait-il pour elle quelque chose d'exceptionnel, une dépense démesurée. Mais ma décision ne lui laissa pas le temps de réfléchir :

– Achetons une cartouche !

Je la pris par la main, et, en un instant, d'un commun accord, comme emportés par un coup de vent soudain vers un monde de bonheur, nous nous élançâmes en courant à travers l'esplanade déserte, que de très hauts projecteurs bleus éclairaient d'une lumière lunaire.

Nous courûmes ainsi en direction de ma voiture. Oui, nous courûmes à perdre haleine, en nous tenant par la main, comme deux écoliers qui se lancent dans un jeu dont ils ont rêvé toute la journée. Ou plus exactement – c'est de cette manière que je me représente les choses aujourd'hui, bien des années plus tard, chaque fois que je repense à cette longue course – , comme la femelle et le mâle d'une espèce particulière de créatures qui, une seule fois dans leur vie, succombent à un ordre mystérieux. Un instinct immédiat les accouple et les ravit. Elles deviennent légères, solidaires, pendant leur vol nuptial, rendues pour toujours à la vie et pour toujours perdues pour elle...

Aujourd'hui encore, puisque je suis vivant, ce vol ne me semble pas s'être achevé, et je jure qu'il ne suppose rien de sensuel ni même de sexuel, sinon sur un mode contingent et fortuit. C'est, profondément, un instinct sublime et heureux, une renaissance à la vie et un commencement de mort tout à la fois.

Dans la voiture, nous nous serrâmes l'un contre l'autre. Elle passa son bras autour de ma taille, et moi le mien autour de la sienne. Nous arrivâmes ainsi à Hartford, sans avoir échangé une parole, parfaitement satisfaits de cette proximité physique et de ce silence à deux dont j'avais précisément rêvé. Physiquement, j'en conviens, c'était beaucoup plus qu'un effleurement. Mais, d'un point de vue moral, c'en était à peine un, puisque, si mon côté gauche et son côté droit étaient forcément séparés l'un de l'autre, solitaires, du fait de notre position dans la voiture en marche, nos deux pensées, inexprimables, adhéraient étroitement l'une à l'autre. Par la suite, il en alla toujours de même entre nous. Toujours

34

de même, quoi qu'il arrive. Nous ne nous dîmes jamais que nous nous aimions. Nous n'avions pas besoin de nous le dire. Nous dire que nous nous aimions nous aurait semblé un blasphème qui eût nié cet amour. Et nos corps ne furent jamais vraiment unis – même quand ils le furent, toutes les fois qu'ils le furent, à commencer par cette nuit-là – parce que leur union physique demeura toujours misérable et méprisable comparée à cette union intime de nos sentiments. Nous n'avons formé qu'une seule et même chose que lors de notre vol nuptial, dans cette course qui aujourd'hui encore me semble sans fin à travers le parking désert et à travers la vie.

Le Shoprite brillait d'une façon spectaculaire dans l'immensité et le noir de la nuit américaine.

– Attends-moi ici, dis-je à Edith.

Je descendis, entrai, achetai trois cartouches et les lui rapportai en courant.

– You're crazy, Edoardo ! cria-t-elle en me voyant. Tu es fou ! Why three ? ! Pourquoi trois ? !

– Parce que j'ai vu l'autre soir que tu fumais ces trois marques-là et aussi parce que trois est le chiffre de la perfection.

Elle fut heureuse comme une enfant. Quelques heures plus tard, dans mon appartement de Willimantic, j'ai vu une larme de bonheur enfantine perler au bord de ses yeux pervenche, après que nous avions fait l'amour pour la première fois ensemble.

Je contemplai cette larme sans rien dire. J'ai toujours eu horreur des questions qui sont aujourd'hui de règle, après l'amour, entre les amants de notre époque. Rien qu'à les transcrire, j'en frémis : « Tu es contente ? Tu es déçu ? C'était bien, non ? » La vie tout entière est un don mystérieux. Vouloir en estimer le prix me paraît une impiété.

Je ne disais rien. Ce fut elle qui parla la première :

– Oh ! Edoardo, me dit-elle dans un souffle, tu es comme je le dis. Mais tu n'es pas pour moi...

Il me suffit de fermer les yeux pour entendre encore cette voix si chère prononcer ces mots, dont je me souviens avec une exactitude absolue : *You're the way I say... but you're not for me*. Et je me souviens m'être demandé ce qu'Edith voulait dire. *Tu es comme je le dis* : c'est-à-dire, tu es l'homme idéal, l'homme dont j'ai toujours rêvé et que j'ai toujours préféré. But, mais : *mais tu n'es pas pour moi*, ce qui signifiait : mais le destin ne veut pas que nous continuions à nous voir. Et pourquoi donc ? Parce que nous étions trop différents l'un de l'autre ? Moi italien et professeur, elle américaine et peu instruite ?

Il m'est très difficile, aujourd'hui, après avoir vécu des années avec Edith, de me souvenir de ce que fut ma toute première réaction à ces étranges paroles. Sur le moment, puis pendant des mois et des années, y compris après l'avoir épousée, j'ai donné et j'ai persisté à donner à ces paroles étranges une signification contraire à celle que je leur donne aujourd'hui...

... Je ne me rends que trop compte, aujourd'hui, à quel point je me suis trompé. En écrivant l'histoire de notre premier rendez-vous, je l'ai repensée avec toute ma sincérité d'aujourd'hui, qui est devenue limpide et totale, alors que ma sincérité de cette époque-là était complexe et divisée. De fait, mais je n'en avais pas conscience, mon sentiment d'alors contenait déjà celui que j'éprouve aujourd'hui, avec toute sa sincérité, exactement comme un fruit nouveau et inconnu peut cacher un noyau dont on ne soupçonne même pas l'existence. En écrivant, j'ai repensé à cette première nuit exactement comme si, depuis cet événement, j'avais aimé

Edith autant que je l'aime aujourd'hui. Mais je dois dire que si je l'aimais, alors, autant que je l'aime maintenant, c'était sans m'en rendre compte. Car j'étais convaincu, il est vrai, à cette époque-là, de l'aimer beaucoup moins que je ne l'aime aujourd'hui, et même de ne pas l'aimer du tout. C'est ainsi. Ce n'est qu'aujourd'hui, seulement, que j'ai pris conscience que notre course à travers le parking de chez Cole's fut vraiment un vol nuptial. Tandis que ce soir-là, quand nous courions en nous tenant par la main, cela ne me parut alors rien de plus qu'un beau moment d'enthousiasme juvénile. J'avais vingt-huit ans et elle vingt et un !

Voilà pourquoi ces paroles : « Tu n'es pas pour moi », je les traduisis alors mentalement dans un instant d'hésitation, par *Domine non sum digna*, c'est-à-dire par la formule qui exprime infailliblement la vérité d'un amour authentique et grand. Puis, aussitôt après, je leur donnai un autre sens, comme si Edith voulait me dire par là qu'elle devinait que je ne voulais ni aimer, ni être aimé, que j'étais heureux de ma solitude, je fuyais tout lien amoureux comme un malheur.

Son « Oh, Edoardo, tu es comme je le dis » me parut donc une sorte de compliment banal qu'elle faisait surtout pour ne pas me vexer, m'offenser, un peu comme si elle avait voulu me dire : « Oh, Edoardo, tu es un garçon très aimable. » « Mais tu n'es pas pour moi » ne me sembla qu'un avertissement de prudence, une invitation à ne pas me faire d'illusions, et qui signifiait à peu près ceci : « Mais fais bien attention ! Cette histoire ne pourra pas durer. Il n'en est même pas question. » Ma réaction intime, finalement, passé ces premiers, ces fugitifs instants de perplexité qui contenaient la vérité en germe, fut de me dire à moi-même ceci, d'une manière très ferme, décidée : « Ah bon, je ne suis pas pour toi ! Et pourquoi pas ! Peut-être pourrons-nous quand même être parfaitement bien, ensemble, pendant un certain temps... De toute façon, si je ne suis pas pour toi, tu n'es pas pour moi non plus. Et c'est bien la raison pour laquelle nous ne courons absolument aucun risque à vivre ensemble, quelques semaines ou quelques mois ! »

C'était le commencement du véritable amour. Je reconnaissais là ses ruses, ses tromperies subtiles, aussi vieilles que le soleil. Affamé de pouvoir absolu, l'amour manœuvre avec patience, plein d'une habileté prudente. Feignant de respecter la démocratie intime de notre être, il ne fait que nous torturer par ses feintes. Et il sait si bien se cacher dans la personne aimée que c'est elle en fin de compte que nous accusons de sa cruauté à lui. Car l'amour est un tyran qui en réalité se cache en nous, même si nous ne nous en apercevons que trop tard, désespérés, quand il ne peut plus nous faire du mal.

5

Quand je la raccompagnai chez elle, c'était l'aube. Plus aucune trace de mélancolie. Plus de silences romantiques. Il me sembla qu'Edith avait deviné et partagé ma ferme intention de prendre la chose à la légère. Nous parlâmes sans arrêt, gaiement, sur le ton de la plaisanterie.

— Edoardo, tu sais ce que je dirai à la maison quand ils me demanderont pour les trois cartouches ?

— Non.

— Que je les ai gagnées à une slot-machine, une machine à sous !

– Mais les slot-machines ne donnent que des dimes, des quarters et des demi-dollars !

– Oui, mais papa et maman ne le savent pas. Elle ne sort que pour faire les courses une fois par semaine, et tous les matins pour aller à la messe. Lui ne sort jamais, il cultive ses choux dans le potager, et après il prépare le sauerkraut. Maintenant je veux goûter une de celles-ci. (Elle étala les trois cartouches sur ses genoux et en ouvrit une.) Ou bien, tu sais ce que je leur dirai ? Je leur dirai que c'est la caissière qui me les a données !

– La caissière te déteste, elle ne voulait même pas qu'on se regarde !

– La caissière m'aime. Je crois qu'elle aime les filles. Elle fait partie du Mouvement. À Storrs, il y en a beaucoup. Tu ne t'en es pas aperçu ?

– Nombreuses à être lesbiennes, ou nombreuses à faire partie du Mouvement ?

– Oh, c'est pareil...

Elle ne me laissa pas le temps de lui expliquer qu'être lesbienne et appartenir au Mouvement, Movement for Women's Liberation, ce n'était pas pareil.

– Je dis ça comme ça. Tu crois que je ne sais pas ce que ça veut dire *lesbienne* ? Donc, au début, je ne pensais pas à ces choses-là, je voyais seulement que cette vieille était gentille avec moi, et quelquefois, quand j'étais du soir, je lui ai demandé de me raccompagner chez moi en voiture. Il faut que tu saches que j'aurais aimé faire des études.

– Ah oui ? Des études de quoi ?

– Accounting, répondit-elle. Comptabilité. Je suis formidable en arithmétique. Un jour, je lui ai demandé comment je pouvais faire pour passer un diplôme tout en continuant à travailler. Elle m'a expliqué qu'il y avait des cours accélérés, mais ce sont des cours du soir, et que, pour les suivre tout en travaillant chez Cole's, je devais me faire affecter au service de midi : chose impossible, à ce qu'elle m'a dit, parce qu'il y a des tas de filles pour le service de midi et qu'il en manque justement pour celui du soir. Mais elle pouvait toujours en parler au directeur... Pendant qu'elle me parlait comme ça, elle commença à me caresser. Un peu plus et je lui mettais mon poing dans la figure. Dommage, parce que l'accounting me plaît, mais il faut un diplôme. Et tu sais pourquoi à partir d'aujourd'hui ils m'ont changée de service, ces enculés ?

— Qui ? le directeur ou la caissière ?

— Tous, tous ceux de chez Cole's. Ils m'ont changée de poste parce qu'ils se sont rendu compte que je fumais. Derrière le présentoir des plats chauds, j'avais toujours une cigarette allumée sur le bord du comptoir : de loin, ils ne voyaient pas la fumée, elle se confondait avec celle du pastrami et des soupes. Mais là, au rayon des desserts, shit ! je ne peux plus fumer. Il n'y a rien qui fume, là, shit !

D'un seul coup elle reprit son air renfrogné habituel : c'était la première fois que je le lui voyais, ce soir-là, je l'avais presque oublié. Elle poursuivit ses imprécations :

— Shit ! Je hais Cole's ! J'en ai marre de cette foutue cafétéria ! C'est bien payé, mais fatigant, shit ! Si seulement je pouvais trouver un autre job ailleurs, n'importe où !

Après qu'elle eut nerveusement ouvert le paquet, elle alluma une cigarette, et redevint soudainement toute joyeuse :

— Trois cartouches ! s'exclama-t-elle.

Puis, les voyant étalées sur ses genoux, elle éclata de rire :

— Trois cartouches, Edoardo, elles dureront plus que notre amour !

Malgré un petit sentiment d'amertume, je me mis à rire avec elle, plein d'une extraordinaire sensation de sécurité, presque de bonheur, et même de bien-être. La caissière, dont elle venait de me parler, me fit repenser à cet étudiant dont les épaules athlétiques m'avaient empêché de la voir depuis ma table.

– Qu'est-ce qu'il te disait, cet étudiant ?

– Quel étudiant ?

– Lui, la caissière n'en était pas jalouse, elle en avait seulement après moi. Celui qui s'est arrêté si longtemps pour te parler.

– Ah oui, mais ce n'était pas un étudiant, it was the engineer !

– L'ingénieur ! Quel ingénieur ?

– The night-shift engineer ! The electrician ! L'ingénieur du service de nuit, le technicien en électricité.

Je connaissais encore trop mal l'anglais pour savoir qu'*engineer* veut dire aussi et surtout : technicien, n'importe quel type de technicien.

– Et jusqu'à quelle heure reste-t-il chez Cole's, the engineer ?

– Toute la nuit, pour s'occuper des machines à laver la vaisselle qui tournent sans arrêt. Dangers de pannes d'électricité, courts-circuits...

– Les machines à laver la vaisselle et les douches, répondis-je sans même penser à ce que je venais de dire.

– Qu'est-ce que les douches ont à voir là-dedans ?

Je dis en riant :

– Parce que comme ça, quand tu es allée prendre ta douche, tu l'as revu. Tu l'as revu ?

– Eh bien oui, il était là...

– Sous la douche ?

Elle riait comme une folle :

– Oui, tout à côté. Maintenant je sais que tu es un véritable Italien !

Il me déplaisait d'être un véritable Italien. Pour lui prouver le contraire, j'aurais dû ne pas insister. Mais je ne pus m'empêcher d'y penser.

J'étais agacé, très agacé : je soupçonnais qu'en fait de douche, elle avait fait l'amour avec l'électricien. Voilà la raison de son retard !

Nous parlâmes d'autre chose, toujours gais et plaisantant. Nous étions presque arrivés à Willimantic. Soudain, elle alluma une cigarette au mégot de la précédente et me demanda où j'étais allé ce week-end.

Je répondis sans hésiter :

– Pawcatuck, à l'embouchure du fleuve.

Elle aspire profondément, rejette la fumée par la bouche, la réaspire par le nez, et sourit :

– Ah ! la mer, cette fois : pas la montagne !

Je la regarde et je pense : bon sang, elle me dit ça comme si elle était au courant pour Shirley et moi ! Je fus tenté de lui dire la vérité; c'est mieux, pensai-je, et puis, comme ça, nous serions à égalité avec son électricien :

– Il n'y a plus assez de neige en montagne pour faire du ski. Je suis allé à Pawcatuck avec une fille.

Et en deux mots je lui avoue tout pour Shirley, en précisant, ce qui est la pure vérité, que ce sont de ces choses qui ne prêtent pas à conséquence dans les milieux universitaires.

– Pour sûr que tu es un véritable Italien, exactement comme Anna, ma grande amie ! Elle aussi est jalouse, mais elle s'en fout : les hommes, elle en fait ce qu'elle veut. À propos, j'ai reçu une lettre d'Anna : elle n'est plus au Mexique, mais dans une autre ville : Caracas, Venezuela ! Elle dit qu'elle s'amuse énormément. Mais Anna n'a pas de frères, et tu es le premier Italien que je rencontre.

– Curieux ! Il y en a tellement, ici !

– Eh bien, tu es le premier.

– Du moins le premier avec qui tu fais ça...

De nouveau, elle éclata de rire, de bon cœur, me sembla-t-il.

Je garai ma voiture devant chez elle : une petite maison en bois avec un bout de jardin devant et un potager derrière. Une maison semblable à toutes les autres dans un quartier qui, à cette heure et dans cette lumière, me parut plus misérable qu'il n'est en fait. Le soleil pas encore levé. Mais un ciel déjà clair, pervenche comme les yeux d'Edith.

Je l'effleurai d'un baiser avant qu'elle ne sorte de la voiture :

– Je viens ce soir chez Cole's.

– Non, ce n'est pas la peine, je ne suis pas de service. On se voit après-demain.

J'y allai quand même.

Et elle y était.

– La fille qui était de service est tombée subitement malade. Ils m'ont téléphoné pour me demander de la remplacer. Toutes les autres sont en vacances.

– Bon, je t'attends dehors comme hier soir.

– Non, malheureusement j'ai un rendez-vous.

En me disant cela, elle souriait tranquillement. Peut-être mentait-elle, de même qu'elle m'avait menti sur ses horaires de service. Peut-être cherchait-elle à me punir d'une façon quelconque ? Était-elle jalouse de Shirley ?

– Bon, je te téléphone.

Et je m'en allai.

Je partis dîner ailleurs. J'étais furieux. Je changeai alors d'avis sur la fiction de son rendez-vous. Peut-être ne mentait-elle pas. J'étais furieux contre moi. Presque désespéré, même. Quelle erreur grossière de lui avoir parlé de Shirley et des milieux universitaires !

Je me mis à penser vraiment que, si ce soir Edith allait coucher avec un autre, c'était pour l'unique raison qu'elle devait être fâchée à cause de moi. Et sa vengeance, au fond, aurait dû me rassurer, dans la mesure où elle répondait au désir provisoire que je croyais ressentir pour elle. J'envisageai la suite des événements. De deux choses l'une : soit nous faisions la paix tout de suite, et prenions cette relation superficielle qui était précisément ce que je voulais, soit nous cassions net en décidant de ne plus nous voir, et je l'oublierais vite. De toute manière, tout finissait bien, non ?

Eh bien non, ça ne finissait pas bien. Parce qu'en réalité j'avais besoin de la voir. Besoin d'être avec elle. Oui, en réalité, j'enrageais à l'idée d'aller me coucher sans elle, alors qu'elle, de son côté, irait sans doute coucher avec un autre. J'étais en fait jaloux. Mais comme en même temps je ne croyais pas l'aimer, j'excluais de sa part toute possibilité de jalousie à mon égard. L'idée ne me vint pas à l'esprit qu'elle pouvait être jalouse, justement parce qu'elle m'aimait... Ah, elle m'aimait ! Et elle le savait donc, elle !

Une fois prise la photo de mariage, nous descendîmes sur la place qui s'étend au pied du Sanctuaire. C'est à l'hôtel de la Croix-Blanche que nous célébrâmes notre repas de noce. Noces doubles puisque Vaclav et Anna nous révélèrent qu'ils n'avaient pu dignement fêter les leurs. Par une série de coïncidences, ils n'avaient eu, les pauvres, ni banquet ni voyage de noces. Maintenant, ils allaient avoir, avec Edith et moi-même, l'une et l'autre de ces deux joies.

La véranda de la Croix-Blanche était très gaie. Le soleil de midi s'y engouffrait, à travers les baies vitrées, scintillant sur les névés que nous apercevions, çà et là, entre les crêtes noires. La réverbération était forte sur le cailloutis argenté de la place.

Nous n'étions que dix, mais il y eut quand même un peu de confusion dans la répartition des places, comme il arrive toujours quand on a omis d'en confier le soin à quelqu'un. L'usage italien et l'usage américain prévalurent : les époux furent placés l'un à côté de l'autre. Et comme nous étions quatre, tous les quatre réunis. Quasiment la même disposition que pour la photo de mariage. J'avais Edith d'un côté et Anna de l'autre. Ma mère, qui connaissait l'anglais, se trouvait à côté d'Edith, et, à côté de Vaclav, un de nos témoins lui aussi anglophone. Le vieux prêtre était assis de l'autre côté de la grande table ovale toute fleurie, exactement au centre, juste en face d'Anna et de moi.

Anna, qui jusqu'alors avait gardé ses gants, se mit à les ôter lentement. Des gants beiges, taillés dans une peau délicate et lustrée, qui lui montaient jusqu'à mi-coude. Et ses mains m'apparurent. Des mains belles comme je n'en avais jamais vu, et comme je n'en ai plus jamais revu. Parfaites. Fuselées. Douces. Mais pleines. À peine sinueuses. Ses doigts lisses et presque sans aucune ride laissaient voir la finesse de ses phalanges. Chargés de bracelets, de peu de valeur sans doute mais qui semblaient coûteux, ses poignets étaient aussi bien faits que ses mains. Juste assez minces, aussi, pour bien s'harmoniser avec la force vivante qui émanait irrésistiblement de son corps tout entier, si grand, si plantureux.

– May I shake hands with you, Anna ? lui dis-je après qu'elle eut fini de retirer ses gants. Puis-je te serrer la main, Anna ? (Et j'ajoutai aussitôt, en me tournant vers ma femme :) Edith, je peux ?

– You *must* ! tu *dois* ! me répondit Edith. Anna's hands are the most wonderful hands in the world ! Les mains d'Anna sont les plus belles mains du monde !

— But you must pay for it, Edoardo, and it's very expensive ! déclara Anna dans un grand éclat de rire en me tendant sa main.

— Qu'est-ce qu'elle a dit ? Qu'est-ce qu'elle a dit ? demandèrent ceux qui n'avaient pas compris.

Ma mère traduisit :

— Madame dit qu'Edoardo doit payer pour lui serrer la main, et que ça coûte très cher !

Un silence embarrassé s'établit autour de moi, et j'aurais donné n'importe quoi pour trouver un moyen de faire diversion.

Je regardai les autres en souriant, faisant mine d'hésiter. Enfin, je tendis ma main avec une plaisante solennité pour serrer celle qu'Anna gardait tendue vers moi. Toute promesse d'un contact agréable doit-elle être fatalement suivie d'une déception ? Eh bien non ! Durant un instant, la main d'Anna se fondit dans la mienne comme si toutes deux appartenaient à un même corps.

« Vive les mariés ! » criai-je en italien, pour porter un toast. « Vive nous quatre ! » Tout le monde applaudit avec enthousiasme. Quelqu'un déboucha une bouteille de mousseux. Je me levai, une coupe à la main, pour crier de nouveau : « Hurrah for the four of us ! » Les entrées furent servies. On se mit à boire et à manger, tandis que je songeais à la consistance de la main d'Anna, à sa douce pression sur la mienne… à cette main si douce et si tiède.

Dans Virginia Street, la rue où j'habitais, à Willimantic, se trouvait une boutique où, chaque semaine, j'allais porter mon linge à laver et à repasser : Virginia Cleaners. Le soir qui suivit celui de son *engineer*, qui devait être un vendredi ou un samedi, nous fîmes la paix comme prévu. Puis nous nous endormîmes dans les bras l'un de l'autre, avec le naturel et la tendresse d'une longue habitude.

– À quelle heure dois-je te réveiller ? lui demandai-je.

– Jamais... Maman et papa ne me disent rien quand je passe la nuit dehors.

Ces mots, si doux à entendre lorsqu'elle les murmura, m'étaient revenus au réveil. Je la regardais dormir, tranquille, immobile, respirant d'une manière à peine perceptible. Ces mots m'étaient revenus, embarrassants et rassurants à la fois, tout comme m'embarrassait et me rassurait le sentiment qu'elle faisait apparemment l'amour avec indifférence, de la même manière qu'elle devait le faire avec un autre, avec beaucoup d'autres sans doute... Non, je ne m'attacherais jamais à une fille comme elle ! Je ne courais donc aucun risque. Je me sentais en sécurité. Mais tant qu'elle était avec moi, bon sang ! elle ne devait pas aller avec un autre ! Voilà ce dont je voulais être sûr. Je l'exigerais d'elle. Je l'exigeais déjà. J'y étais fermement décidé. Ce fut certainement cette décision qui me replongea dans le sommeil... Quand on n'a pas encore trente ans, tout est possible...

Plus tard, je me réveillai pour de bon. Ma petite chambre était pleine de soleil. Déjà l'été. Ni rideaux, ni persiennes. Mais comment font-ils, me demandai-je, comment font les Américains pour dormir avec toute cette lumière ?

Edith aussi était réveillée. Blonde et blanche, allongée en travers du lit. Elle me regardait et souriait en silence. Elle ferma les yeux comme pour se rendormir, puis, l'instant d'après, étendant paresseusement ses longs bras et ses longues jambes de pur-sang hors des draps froissés, elle s'étira et bâilla avec une grâce enfantine.

– Tu as faim ?

– Oui !

– Moi aussi.

J'avais une petite cuisine, mais nous préférâmes sortir tout de suite. Il y avait, à côté de Virginia Cleaners, un très bon snack où je prenais mon breakfast presque tous les matins.

Joie de ces breakfasts, de ce premier, et de tant d'autres qui suivirent pendant un an. Les grapefruits, les toasts, les œufs-saucisses, les griddle-cakes au sirop d'érable, le café chaud à la crème !

Quand j'oubliais ma jalousie, ce qui fut le cas ce premier matin-là, Edith me semblait la compagne idéale : la seule auprès de qui je pouvais rester, après l'amour, sans en éprouver de l'ennui. Mystères du cœur humain ! C'était peut-être justement parce que je n'atteignais jamais un suprême apaisement, en faisant l'amour avec elle, que je n'étais jamais las de la contempler à côté de moi, après. Et c'était peut-être alors le seul moment où dans un accord naturel elle me semblait vraiment belle et vraiment mienne.

Vint ensuite, très vite, et même pendant nos breakfasts, le temps des désaccords et des disputes. Mais, curieusement, ils avaient toujours à mes yeux un caractère de fatalité nécessaire, comme s'ils étaient de toute façon inévitables et étroitement liés à notre affection. Celle-ci ne s'en trouvait jamais diminuée. Au contraire, elle en sortait grandie. Quelquefois, peut-être, je ne me rendais pas compte, alors, pas plus qu'elle d'ailleurs, que notre mésentente commençait à naître d'une façon souterraine. En apparence, notre désaccord nous semblait si futile que nous n'en parlions jamais, nous empressant de l'oublier ou n'y voyant tout au plus qu'un fait négligeable lorsqu'il nous arrivait d'y repenser.

De toute façon, tout venait de moi. J'ai dit

qu'avec elle, après l'amour, je ne ressentais pas d'ennui. Et c'est la pure vérité. Mais il est également vrai qu'avant de faire l'amour ou après, bref indépendamment de l'acte sexuel, j'éprouvais parfois un certain malaise à être avec elle, voire un peu d'irritation. Oh, rien qu'une très légère irritation de type névrotique, un agacement passager, superficiel, un petit rien, aisément surmontable. Parfois, mais parfois seulement, je notais avec déplaisir le léger bruit qu'elle faisait en mangeant sa soupe, ou en avalant quelque chose de croquant.

C'était comme la perception d'une sonorité interne, organique, qui lui était bien particulière. Celle d'un corps qui semblait ne pas bien lui appartenir, comme s'il s'agissait de celui d'une autre créature; pas même un être humain, mais plutôt une bête qui s'incarnait en elle dans ces moments-là. Je ne lui disais rien, et j'essayais de ne pas me le dire à moi-même non plus. Mais quelque involontaire contraction de mon visage, si minime fût-elle, devait lui faire soupçonner mon agacement, car dans ces moments-là elle finissait par s'apercevoir qu'elle m'irritait, et cela la mettait dans une colère sourde. Tout aussi sourdement, j'étais contrarié d'éprouver cette irritation et comme, de son côté, elle se rendait compte que je l'éprouvais, cela me contrariait encore plus.

C'était sans doute à l'occasion de ces moments-là que, sous le premier prétexte venu – en général la jalousie – nous commencions à nous disputer pour nous soulager. Oui, nous nous hâtions alors de faire de la jalousie la cause de nos disputes, alors que c'était plutôt mes nerfs qui en étaient la véritable cause, mon irritation de type névrotique.

Je crois bien que ce sont des conflits du même ordre qui se produisent bien souvent lorsque nous nous querellons avec tel ou tel membre de notre famille que nous aimons tendrement, et auquel nous sommes avant tout liés par les liens du sang, père, mère, frère ou sœur... Mais cela même était la preuve que, depuis le début, Edith et moi nous considérions vraiment comme mari et femme.

Après le breakfast, un jour, je passai chez Virginia Cleaners où j'avais mon paquet de linge à reprendre... Edith resta dehors, et quand je sortis elle me montra un écriteau dans la vitrine voisine : *shopgirl wanted*, on demande vendeuse. Elle me dit de l'attendre : elle voulait s'informer, savoir de quoi il retournait : conditions de travail, horaires, rémunération.

Elle ressortit peu après, tout excitée :

— Tu sais qu'ils vont peut-être me prendre ? J'ai parlé à Mme Wood, ce doit être la patronne, et à son fils Bruce. Ce sont des Irlandais, je crois. Je dois revenir après-demain, pour savoir ce qu'ils ont décidé. Ils m'ont demandé mes références. J'ai donné le nom du director de chez Cole's et celui de la caissière lesbienne; au fond ils m'aiment bien tous les deux, ils m'en donneront de très bonnes. Ça sera moins payé que chez Cole's, malheureusement; mais je finirai à cinq heures et demie, et bien sûr, j'aurai tous mes samedis et dimanches. Bref, un travail beaucoup plus sympathique; et je n'ai pas à m'occuper des machines, il faut simplement que je reste dans la boutique, que je reçoive les clients, que je fasse les paquets, et, si c'est nécessaire, que j'en porte un ou deux dans le quartier. Ils m'ont demandé si je savais conduire un pickup truck.

— Et tu sais ? (Un pickup truck est une camionnette.)

— Bien sûr que je sais ! Je sais conduire. Je n'ai pas encore mon permis, mais je conduis très bien, je pourrai l'avoir quand je veux. Dans ce cas-là, ils me paieraient un peu plus. Il n'y a qu'une seule chose qui ne va pas.

– Et c'est quoi ?

– Il faut que je continue à verser une partie de ma paie à maman, pour ma nourriture et mon logement. Et comme je gagnerai moins...

– Combien en moins ?

Elle me le dit. Ce n'était pas une bien grosse somme.

– Jusqu'à ce que tu aies ton permis, et même après si ça ne suffit pas, je te donnerai la différence, dis-je. (J'ajoutai :) Mais à une condition.

– Je ne veux rien. Mais dis-moi la condition. Je suis curieuse, professeur.

En guise de réponse, je lui demandai avec qui elle avait appris à conduire. Elle me regarda en riant :

– Ben, avec tous mes boy-friends !

– Je m'en doutais : avec tous tes boy-friends !

– Pourquoi ? Tu croyais que je n'avais pas de boy-friends ?

– Que si ! Et ma condition a justement un rapport avec ça : je voudrais qu'à partir d'aujourd'hui, ce soit moi et moi seul qui te donne des leçons de conduite, parce que je suis aussi moniteur d'auto-école.

– Ouais, euh... on verra pour les leçons... Mais ce n'est pas juste ! C'est moi, dans ce cas, qui devrai te donner de l'argent !

Deux jours plus tard, elle s'était présentée comme convenu chez Virginia Cleaners. Quand je la revis, elle me dit aussitôt, avec rage, qu'elle avait longuement palabré avec Mme Wood et son fils sans rien conclure. Il s'avéra, heureusement, qu'elle était convenue avec eux de réfléchir encore. Tout ne dépendait plus que d'elle ; elle avait jusqu'à la fin du mois pour se décider, de sorte que, si elle acceptait, elle commencerait à travailler dès le début du mois suivant.

Mais elle n'arrivait pas à prendre une décision. Nous en parlions tous les soirs. Bien sûr qu'elle aurait été très contente de quitter Cole's et même ravie de conduire une camionnette, si par la suite tout marchait bien. Mais le hic, ce qui n'allait pas, c'était qu'elle gagnerait moins ! Tant que Vaclav serait marin et ne travaillerait pas, sa mère avait besoin des cinquante dollars mensuels qu'elle lui versait pour boucler son budget. Car les filles de son milieu qui travaillaient tout en vivant encore chez leurs parents payaient une pension. C'était l'usage américain.

Je continuai d'insister pour qu'elle accepte mon aide. Je lui dis de ne pas se formaliser. Elle pouvait même considérer cela comme un prêt, si elle préférait. Elle me rembourserait petit à petit. Au lieu de me répondre, elle continuait à maudire ces maudits Irlandais, Mme Wood et son fils, qui n'étaient que de foutus avares, des exploiteurs, etc. Enfin, la veille du jour où elle devait prendre sa décision, nous eûmes une interminable discussion.

Elle était si agitée qu'elle ne me laissa même pas la prendre dans mes bras. Elle buvait du whisky, arpentait ma chambre en tous sens, et fumait et jurait sans arrêt. Soudain, elle s'immobilisa et dit :

– Raccompagne-moi à la maison !

Deux semaines avaient passé depuis le soir où nous avions fait la paix, et, depuis, nous avions toujours dormi ensemble.

– Pourquoi ? Qu'est-ce qui se passe ?

– Je dors chez moi, si tu permets.

– Mais pourquoi ?

– Il faut que je dise à ma mère que je change de travail mais que je gagne la même chose, non ? Il faut que je lui dise qu'elle les aura quand même, ses foutus cinquante dollars, non ? Allez, raccompagne-moi, dépêche-toi.

Je n'attendais certes aucun remerciement de sa part. Mais il me parut absurde qu'elle eût choisi un biais aussi odieux pour me signifier qu'elle acceptait finalement ma proposition de l'aider. Cela me stupéfia et m'irrita profondément. Je ne la connaissais pas encore. Ce ne fut que plus tard, et avec bien des difficultés, que j'appris à ne plus m'étonner de ses réactions et que je parvins à la comprendre, à découvrir sa vraie nature. Nature qui la poussait à se montrer rebelle et irascible chaque fois qu'elle venait à réaliser qu'elle aimait et qu'elle était aimée.

Sa colère n'était donc que le signe de l'amour. Mais je ne le compris pas, alors. Durant le trajet jusque chez elle, nous ne nous sommes plus rien dit. Je me mis à jurer, moi aussi, intérieurement. Au moment de lui dire au revoir, prenant sur moi, je tentai de l'embrasser. Elle me laissa tout juste lui effleurer les lèvres.

Puis, une fois seul, sur le chemin du retour, mon irritation se calma. Je me mis à réfléchir. Rebelle ou pas, elle avait quand même fini par accepter mon argent, pour la plus grande fierté du vieux bourgeois européen qui s'enracine en moi, toujours vert et vigoureux, aujourd'hui encore, depuis huit ans que je suis citoyen américain.

6

Pendant presque un an, nous menâmes pratiquement une vie conjugale. Oh ! un cas assez particulier, mais certainement pas unique, de mariage : avec ses hauts et ses bas, ses fréquents orages, ses jalousies et ses infidélités réciproques. Avec également ses périodes de calme, rares, mais que malgré tout nous connûmes aussi. Bref, la vie toujours mouvementée et jamais ennuyeuse de deux êtres qu'une différence d'origine et de culture rend fascinants l'un pour l'autre, complémentaires même, mais qu'un égal besoin de liberté pousse à s'affronter du fait même qu'ils s'aiment.

Edith couchait à Virginia Street. Le week-end, nous partions ensemble à la mer, à la campagne ou à la montagne, selon la saison. Ou bien, le vendredi soir (elle avait passé son permis et conduisait aussi bien ma voiture que la camionnette de la blanchisserie) elle passait me prendre à l'Université. Je la suivais avec la Volkswagen jusqu'au garage de la blanchisserie, puis nous allions ensuite dîner à Hartford, New Britain, New Haven, Norwich, et même parfois aussi loin qu'à Providence, dans Rhode Island. Une fois à Boston. Une fois à New York. Nous retournions à la maison dans la nuit puis nous restions à Willimantic pendant tout le week-end. Le dimanche matin, j'étais invité à déjeuner chez ses parents.

La maison des Sladek était une émouvante et malheureuse image de tout ce que, en Amérique, la Consommation inflige à ces quelques familles – peut-être sont-elles nombreuses, d'ailleurs, qui pourrait le dire ? – dont la misère est en effet extrême, mais pas au point toutefois de les marginaliser, de les repousser dans le désordre et l'abjection d'un véritable sous-prolétariat. Je ne pense pas en effet que ces gens représentent le dernier degré de la misère. Même s'ils sont très pauvres, ils n'en ont pas moins conservé leurs coutumes et leurs traditions, surtout s'ils sont venus ici, à une époque relativement récente, d'anciens pays civilisés d'Europe centrale, comme les Sladek, qui avaient émigré en 1939. Plus très jeunes, pas assez débrouillards pour se tirer d'affaire, peut-être trop honnêtes ou simplement malchanceux, ces derniers n'avaient réussi à s'insérer que dans l'un des plus bas créneaux du colossal système. Et même quand ils furent naturalisés *citoyens*, leur vie, dès qu'ils eurent des enfants, fut tout de suite difficile, pleine de soucis, très dure. Et ceci pour toujours.

Le père d'Edith, qui n'avait même pas soixante ans, en paraissait quatre-vingts. Je l'ai toujours vu assis dans un fauteuil, même à table. Un visage clair, paisible, débonnaire. Un regard bleu et lumineux derrière ses grosses lunettes à monture de celluloïd jaune dont une des branches était entourée de Scotch, à la jointure. Il me semblait, peut-être me trompais-je, qu'elles étaient venues avec lui de Prague. Et la fatigue dans chaque geste, chaque sourire, chaque mot. Un vieil homme sans plus aucun espoir. Il parlait un anglais rudimentaire, avec un accent adouci par la chantante cadence tchèque, mais parfaitement compréhensible. La première fois, après le déjeuner, je suis resté seul avec lui pendant un quart d'heure : Edith était à la cuisine, aidant sa mère à faire la vaisselle. Notre conversation se traînait. Je savais qu'il était à la retraite depuis un an ou deux. Je lui demandai quel travail il faisait avant.

– I was in business, répondit-il.

– Oui, mais quel business ?

– I was in the garbage business. J'étais éboueur. Je me levais à quatre heures tous les matins, et j'allais à pied jusqu'au Garbage Department, le service du ramassage des ordures, pas très loin. Avec le truck, la benne, conduit par un collègue, je faisais le tour pour ramasser. Vers midi, on avait fini. Vers une heure, j'étais à la maison. Ce n'était pas un mauvais travail.

La mère était petite, grosse, fortement charpentée; elle avait toute l'énergie qui semblait

manquer à son mari; la même énergie qu'Edith
– mais, à la différence d'Edith, avec dans ses yeux
verts, très vifs, une perpétuelle pointe de malice.

– You've been to Holy Mass this morning,
professor ? Vous êtes allé à la Sainte Messe ce
matin, professeur ?

– Yes.

– Ce n'est pas vrai. Edith m'a dit que vous
n'y alliez jamais. Elle non plus n'y va pas. Et
ça, c'est mal. Nous avons une merveilleuse église
catholique, là, tout près. Vous devriez y aller le
dimanche, professeur ! Quand quelqu'un est loin
de chez lui, il a besoin de la protection de Dieu !

Elle parlait sérieusement, mais on voyait bien
qu'elle plaisantait : ses yeux riaient, montrant
par là qu'elle ne se faisait aucune illusion sur
moi : j'étais un pécheur, ou du moins un
incroyant.

Elle cuisinait toujours d'une façon parfaite :
des plats simples et abondants à base de porc,
de pommes de terre, de choux et de sauces
aigres-douces. Du strudel ou de la crème au
chocolat pour le dessert, et surtout les fameux
knedliky, qui ne manquaient jamais. On ne
buvait que de la bière, la bière fade des Américains, qui sur les boîtes, et bien qu'elle soit en
boîte, porte l'absurde appellation : *draft beer*,
bière à la pression.

Je voyais bien que leur sens ancestral de l'hospitalité obligeait les Sladek à faire, pour ces
déjeuners, le plus grand effort financier dont ils
étaient capables. Cela m'ennuyait, j'en avais
honte : d'autre part, toute tentative pour payer
ma part les aurait offensés.

Comme il n'y a que le breakfast qui soit bon
aux States, je mangeais donc ces plats tchèques
avec une joyeuse avidité. Ils étaient tellement
plus savoureux que mes repas quotidiens ou que
les coûteux dîners dans les villes du Connecticut !

Tout en mangeant, je regardais les murs peints d'un rose soutenu et brillant; la photo de Vaclav en marin, trônant sur le buffet dans un gros cadre noir, au milieu de ce désert rose; l'unique suspension en fer cuivré, qui brillait sur la table de toutes ses lampes allumées; l'arc prétentieux qui séparait le coin salle à manger du reste du living-room; la moquette rouge sang, usée, déchirée; le divan recouvert d'une cretonne à fleurs, avec quatre énormes coussins de faux satin aux couleurs criardes; les deux fausses tapisseries avec leurs franges d'or, accrochées un peu de travers chacune à un bout du mur où se trouvait le divan. Je regardais cet ameublement pompeux et misérable, image obligatoire d'un faux bien-être aussi obligatoire qu'inexistant. Tout en regardant cet intérieur, j'imaginais la douceur de la maison que les Sladek avaient abandonnée mais jamais oubliée, leur maison de Melnik, dans les faubourgs de Prague. Je ne suis jamais allé en Tchécoslovaquie, mais j'essayais de m'imaginer leur maison, vaguement, confusément. La salle de séjour des Sladek, à Melnik, surgissait dans mon imagination – une réminiscence d'un film tchèque peut-être – chaque fois que je rencontrais le sourire viennois et malicieux de la mère d'Edith, et le sourire las du père, avec la branche de ses lunettes maintenue par ce bout de Scotch.

À part le living-room, la cuisine et la salle de bains, il n'y avait que deux chambres; sur les murs de celle des parents, un crucifix, San Vanceslao et le fameux Enfant-Jésus de Prague. À quoi s'ajoutait la non moins fameuse Madone noire de Czestokowa, que je regardai simplement en passant, insensible au présage : deux ans plus tard, devant une autre Madone noire, Edith devait devenir ma femme. Vaclav, quand il venait, dormait sur le divan. Sur cette photo, maintenant que je la voyais de près, il ressemblait à un petit garçon : on le voyait sur le pont d'un porte-avions, en tee-shirt et béret blancs, avec son sourire franchement féminin et ses longs bras grands ouverts, comme pour serrer contre lui quelqu'un courant à sa rencontre. Il y avait une dédicace : *To mummy, dad and Edith : A hug to all three of you !* À mamie, papa et Edith : un gros baiser à tous les trois !

La chambre d'Edith, au contraire, était pleine de photos d'Anna : il y en avait deux grandes, sous verre, et une quantité d'autres disséminées un peu partout : sur la coiffeuse, sur la table de nuit, ou glissées dans le cadre de la glace. Edith en avait aussi dans ses tiroirs, et à chaque fois elle m'en faisait découvrir une ou deux que je n'avais pas encore vues. Curieusement, je distinguais une belle femme forte aux yeux un peu bovins, et rien d'autre. Je feignais bien sûr de les admirer. « Hay, don't you like Anna ? » Eh, Anna ne te plaît pas ? Mais si j'avais voulu répondre avec franchise, j'aurais avoué à Edith qu'Anna me semblait une fille peu intelligente.

Plus tard, je me suis demandé comment il se faisait que pas une seule de ces photos ne m'ait fait soupçonner qu'Anna pourrait m'attirer, et ne m'ait montré le plus petit reflet de sa personnalité, pas même donné un fugitif avertissement du choc que j'éprouverais en me retournant devant l'autel, quand je l'ai vue pour la première fois. J'ai tout d'abord pensé qu'une femme vous plaît à cause d'un mystérieux fluide qui émane de sa présence, et non pour ses traits, si beaux soient-ils, ou si conformes puissent-ils être à l'image de la femme idéale. Mais finalement j'ai compris. L'explication de mon aveuglement est simple. Ces photos, je ne les regardais pratiquement pas : Edith m'intéressait, pas ses amies, surtout cette Anna ne m'intéressait pas, même si elle était sa meilleure amie. Bien plus, Anna m'était antipathique parce qu'italo-américaine. Je dirais même que l'insistance avec laquelle Edith persistait à m'associer à une Italienne qui ne l'était pas de la même façon que moi, à tout point de vue m'irritait : et pour me confirmer que nous étions différents, ses photographies me suffisaient amplement ! En somme, j'étais jaloux de cette amitié faussement italienne d'Edith.

Quand il arrivait des lettres d'Anna – et il en arrivait continuellement : de Lima, de São Paulo, de Rio, de Buenos Aires – Edith, chaque fois, s'en montrait heureuse. Elle me les lisait avec enthousiasme, puis elle me les laissait pour que je les relise. Moi, pour lui faire plaisir, j'y jetais un coup d'œil agacé. Son écriture ressemblait à celle d'Edith, non pas tant parce qu'elles avaient été à l'école ensemble que parce que, dans chaque pays anglo-saxon civilisé, toutes les filles écrivent en se servant sensiblement des mêmes caractères. En Amérique ces caractères sont penchés, anguleux, réguliers, clairs : seules les plus cultivées parmi ces filles, ou les plus sophistiquées s'inventent, de façon plus ou moins consciente, une écriture différente, plus personnalisée. Peu importe. Ayant décidé qu'Anna m'était antipathique, je trouvais que son écriture l'était aussi : plus douce et moins hésitante que celle d'Edith cependant. Tout aussi semée de fautes d'orthographe et de grammaire. Mais tandis que les fautes d'Edith m'émouvaient, celles d'Anna, du fait de l'instinctive jalousie dont j'ai parlé, m'agaçaient. J'en jouissais même avec un certain sadisme, je ne me privais jamais de la satisfaction pédante d'en faire remarquer quelques-unes à Edith. Ce n'était bien sûr pour moi qu'une sorte de plaisanterie, et Edith en riait avec moi. Encore une erreur de ma légèreté ! Encore une faute de ma paresseuse conscience d'alors ! À cette époque, je croyais trop volontiers que tout était une plaisanterie. Ce n'est qu'en y repensant maintenant que j'éprouve un incurable remords. Ma pédanterie n'était pas une plaisanterie, c'était de la perfidie. Edith en souffrait, elle se sentait blessée et humiliée sans que je m'en rende compte, tellement j'étais enfermé dans mon égoïsme. Jusqu'au dimanche où précisément, à l'occasion d'une de ces lettres, Edith me traîna chez la mère d'Anna.

La maison des Russo, voisine de celle des Sladek, était juste au coin de la rue : ce n'est pas pour autre chose qu'Anna et Edith étaient devenues amies. Pendant des années et des années, d'abord petites filles, puis adolescentes, à la maternelle, à la communale et ensuite au lycée, elles avaient fait l'aller et retour ensemble. Maintenant la mère d'Anna était veuve : elle vivait de sa retraite, d'un petit apport mensuel que lui envoyait sa fille unique quand elle travaillait, même loin, et de quelques ménages qu'elle faisait à Willimantic et à Storrs, en général chez des professeurs.

Ce dimanche-là, nous étions donc allés déjeuner chez les Sladek, et Edith y avait trouvé une lettre d'Anna : une très longue lettre expédiée d'une autre ville d'Amérique du Sud, qui était finalement arrivée après un silence d'une durée inhabituelle.

Avant même que nous passions à table, Edith la lut avidement, mais pas à haute voix : sûrement parce que cette fois ses parents étaient présents. Quand elle eut fini, elle replia les feuillets et les remit pensivement dans l'enveloppe. Puis elle dit simplement qu'Anna la chargeait de passer chez sa mère pour la rassurer, car elle ne lui avait pas écrit non plus depuis longtemps.

Edith savait fort bien à présent que cela m'agaçait de l'accompagner. Elle n'osa donc pas me le demander. Comprenant quand même que cela lui ferait plaisir, je le lui proposai. Comme toujours, j'avais mangé trop de knedliky, et je désirais simplement ne pas renoncer à ce qui était devenu une habitude quand nous restions à Willimantic le dimanche : après le déjeuner chez les Sladek, retourner à la maison et m'abandonner à une profonde sieste. Malgré cela, je lui proposai le premier de l'accompagner chez la mère d'Anna. Je me repentis aussitôt de ma générosité – générosité, oui, je croyais être généreux ! et c'est pourquoi je voulus avoir auparavant une petite compensation, prendre une petite vengeance. Pour rire, naturellement ! En plaisantant, hélas, comme toujours !

Le vieux Sladek somnolait dans son fauteuil. Edith, comme d'habitude, était partie aider sa mère à la cuisine, et elle m'avait laissé la lettre d'Anna. Je n'avais jamais vraiment lu les autres, et même quand Edith me les lisait je n'y avais jamais prêté véritablement attention. Mais cette fois, je ne trouvai rien de mieux pour passer le temps.

C'était une lettre très triste, et ce qu'elle racontait expliquait le long silence épistolaire qui l'avait précédée. Elle faisait allusion à un événement quelconque dont elle avait certainement parlé dans une lettre précédente et que je ne me rappelais pas : elle parlait de la relation ambiguë et agitée qu'elle avait eue avec un type du show. Je n'arrivais pas à deviner si celui-ci était un acteur ou un imprésario du show, elle ne donnait que les initiales de son nom. Elle disait que tout avait mal fini, y compris pour son travail. Jusqu'alors elle n'avait jamais renoncé à l'espoir d'une promotion décisive : obtenir enfin dans le show un « numéro » entièrement à elle. Cette fois elle y avait renoncé. Peut-être ne percerait-elle jamais : elle commençait à le craindre.

J'aurais pu, j'aurais dû m'émouvoir à cette lecture. Au contraire, elle me laissa insensible. Anna ne m'intéressait vraiment pas. De toute cette lettre pathétique, la seule chose qui me frappa fut une incroyable faute d'orthographe, je ne me rappelle plus laquelle : mais, bien que ma connaissance de l'anglais fût encore imparfaite, cette faute m'avait sauté aux yeux.

Quand Edith réapparut, je ne pus m'empêcher, comme d'habitude, de céder à la tentation de la taquiner, d'autant plus que sa mère était restée à la cuisine et que maintenant le vieux ronflait. Et comme d'habitude, Edith se mit à rire. Mais pendant un instant, son rire me parut légèrement différent des autres fois. Peut-être l'avais-je offensée pour de bon ? Edith riait encore, franchement. Non, me dis-je, tout va bien; ce n'était de ma part qu'un scrupule dû à la nervosité ! L'instant d'après, je n'y pensais plus. Je sais maintenant qu'en fait j'avais poussé la plaisanterie trop loin.

La mère d'Anna était une vieille Sicilienne; mais grande, grande comme sa fille; mais maigre. Des yeux gris étrangement pénétrants, un sourire très doux. Des cheveux blancs tirés en arrière, et le classique chignon sur la nuque. Je lui parlai en italien, elle savait très peu d'anglais. Elle voulut nous faire du café à la napolitaine : il n'était guère meilleur que celui des Sladek. Notre visite fut brève, heureusement. Tout allait bien, cette fois encore. Et nous rentrâmes à la maison à temps pour la sieste. Ce n'est que quelques jours plus tard que je sus quelle surprise elle me réservait.

Deux fois par semaine, j'étais retenu à l'Université par un séminaire qui durait jusqu'à sept heures. À ces occasions, nous étions convenus avec Edith qu'elle ne venait pas me chercher :

je devais la retrouver directement à la maison.

Ce soir-là, elle n'y était pas. Je ne commençai à m'inquiéter que vers neuf heures. Je téléphonai aux Sladek. Ce fut sa mère qui me répondit : Non, ils n'avaient pas vu Edith, elle n'avait pas téléphoné. Malgré ma faim, je surmontai aisément la tentation de sortir, et je mangeai quelque chose de froid. Je retéléphonai à dix heures : après il aurait été trop tard pour appeler. Ce fut encore sa mère qui prit la communication. Elle n'avait absolument pas l'air de s'inquiéter. « Elle a dû aller quelque part »... et tout en entendant sa voix chantante, j'imaginais le scintillement malicieux de ses yeux verts. « Pourquoi n'essayez-vous pas de téléphoner à Mme Russo, son numéro est dans l'annuaire. »

J'essayai. Le téléphone sonnait, la ligne était libre, mais personne ne répondait. Je refis le numéro, laissai sonner longtemps, en vain. J'éprouvais le besoin de sortir, de marcher. Mais je craignais qu'il lui soit arrivé quelque chose; peut-être allait-elle me téléphoner : non, il fallait que je reste là. Finalement je décidai de lire, de travailler.

Vers une heure, je sentis une somnolence m'envahir. Je me jetai tout habillé sur le lit, et j'éteignis la lumière. Mais le sommeil ne venait pas. Je rallumai plusieurs fois la lampe de chevet. Je regardais l'heure, puis j'éteignais, espérant chaque fois pouvoir m'endormir. En vain.

Peu à peu, je finis par m'assoupir. Le téléphone sonna. Il était à la tête du lit. « Allô, Allô ! »

Rien. Pourtant, il me semblait entendre une légère respiration. Quoi qu'il en soit, au bout d'une dizaine de secondes, je ne l'entendis plus. C'était peut-être Edith. Et cette éventualité, malgré tout, me réconfortait. Si c'était elle, il ne lui était rien arrivé : elle faisait son numéro exprès pour me rassurer. Mais où était-elle ? Et avec qui ? Encore avec ce maudit électricien, *the engineer* ? Ou encore, qui sait, avec Bruce Wood, le fils de la patronne de Virginia Cleaners ? Un beau garçon brun, désinvolte. Rien de plus normal qu'Edith soit avec lui. Ou qui encore ? Tout était possible. Et au fond du désespoir que j'éprouvais, je cherchais à trouver un point d'appui, une bouée de sauvetage dans mon désarroi. Bah ! me disais-je, cette histoire doit finir un jour ou l'autre, et puisqu'elle doit finir, mieux vaut que ce soit maintenant que plus tard… Non, cela me révoltait. Cette histoire ne devait quand même pas finir comme ça ! Il y a d'autres moyens, moins sauvages, moins cruels. Mais je cherchais à me faire une raison, en me disant que toute séparation définitive entre elle et moi ne pourrait être que cruelle de toute manière. Supposer qu'elle puisse se passer sans douleur n'était qu'une illusion… Vers le matin, je m'endormis sur cet espoir, dans la tenue où j'étais : tout habillé.

Je trouvai Edith, le lendemain matin, chez Virginia Cleaners. Fraîche comme une rose, et insolente même. Bruce Wood n'était peut-être pas là, exprès… Mais non, il était là ! Dès qu'elle me vit, Edith lui demanda la permission de sortir un moment avec moi jusqu'au drugstore du coin. J'observai avec attention les regards qu'ils échangèrent. Honnêtement, je ne peux pas dire que j'aie noté quoi que ce soit d'anormal.

En chemin, Edith me fournit une explication rapide, simple, incroyable, mais cependant plausible : la mère d'Anna ayant eu un malaise, elle était allée la voir et elle avait dormi chez elle pour lui tenir compagnie.

– Tu savais que j'étais à la maison à t'attendre, lui dis-je en la regardant attentivement. Pourquoi ne m'as-tu pas téléphoné ?

– Parce que le téléphone de Mme Russo est en dérangement.

– Ça, je le savais aussi. Ta mère m'a dit que tu étais peut-être là-bas, et j'ai appelé. Mais tu ne pouvais pas sortir un moment pour appeler de chez toi ?

Maintenant, tout devenait clair : en un instant, tout un plan de défense échafaudé d'avance m'apparut clairement. La mère d'Edith, au téléphone, m'avait répondu ce qu'Edith avait dû lui demander de me dire si j'appelais ! Et Mme Russo avait été prévenue qu'elle ne devait pas répondre si le téléphone sonnait ! Mais comment vérifier cela, maintenant ?

Edith me regardait fixement. Elle souriait, très calme.

– Tu mens !

Son sourire, du coup, devint venimeux :

– Dis plutôt que ça te plairait que je mente. Tu n'attends que ça. Mais tu es un foutu type de merde ! Tu aimes les putes et tu voudrais que j'en sois une aussi. C'est pour ça que tu t'es intéressé à moi. Tu pouvais me laisser tranquille. Elle ne te suffit pas, l'autre, là ?

– Quelle autre, là ?

– Mais si, comment elle s'appelle, ton assistante de merde !

– Shirley ? C'est une gentille fille.

– Elle est dégoûtante, oui, une pute comme toutes les filles avec qui tu es sorti. Tu crois que je ne le savais pas ? J'ai toujours tout su. Et je sais que tu la vois encore. D'ailleurs, je l'ai vue. Si je la rencontre, je saurai la reconnaître !

– Tu es folle, Edith.

– C'est toi qui es fou si tu crois que j'ai encore envie de te voir. Goodbye !

Et elle rentra dans la blanchisserie en courant.

Je retournai à ma voiture, que j'avais laissée

devant chez moi, et j'allai à l'Université. Adieu donc, Edith. Tout est fini. Et fini précisément comme je ne voulais pas que cela finisse : de la façon la plus vulgaire, la plus brutale. C'était un vendredi matin. Je pensai tout de suite à passer la soirée avec Shirley, ou même à l'emmener quelque part avec moi pour le week-end : dans ma colère du moment, il me parut que c'était là un moyen de mettre une première croix sur Edith, pour parvenir ensuite, et le plus rapidement possible, à la rayer définitivement de ma mémoire.

J'arrivai à l'Université, et comme chaque matin je vis Shirley avant le début de mes cours. Sauf que mon envie disparut rien qu'en la voyant, et que je ne lui dis rien, comprenant que passer la soirée avec elle ou tout le week-end ne servirait à rien. Par un curieux mécanisme, il m'arrivait ceci : depuis quelque temps, et parce que je me sentais en paix avec Edith, sûr de son amour autant que de sa fidélité, je m'apercevais un peu plus chaque jour, en me retrouvant avec Shirley aux heures où nous préparions nos cours ensemble, que je la désirais elle aussi. Mais que je la désirais avec cette insouciance libertine qui tenait justement à ce que j'étais sûr qu'Edith m'était fidèle. La porte métallique de la petite salle où je préparais mes cours, à l'Université, fermait à clef. Elle comportait deux bureaux, un pour Shirley, un pour moi. De temps à autre, nous nous caressions, nous nous embrassions. Une fois ou deux en fin de journée, quand les séminaires étaient finis et que les étudiants avaient déserté le campus, nous avions même fait l'amour, bien que dans une position assez inconfortable. Eh bien, ce jour-là, cela m'aurait été impossible. Shirley était au courant pour Edith : à mon humeur elle devina qu'il était arrivé quelque

chose, et nous nous quittâmes sans nos ten-
dresses habituelles.

Je n'avais guère envie, cette première nuit,
de dormir seul chez moi. Je téléphonai à un ami
italien, un fils de famille qui achevait ses études
à Cambridge, au M.I.T. (1) Il vivait à Boston
dans un appartement où j'avais déjà été son
hôte. Il donnait une party, ce soir-là : j'étais le
bienvenu, même si j'arrivais tard. « Il y aura
Frances, elle me demande toujours de tes nouvelles, tu lui as tapé dans l'œil. » Frances était
une femme mûre, divorcée ou veuve, une intel-
lectuelle amoureuse de l'Italie et de tous les
intellectuels italiens : brune, belle, élégante,
sophistiquée, pleine de fric. La dernière fois,
nous n'avions fait que nous apercevoir, mais
nous avions sympathisé. C'était peut-être l'anti-
dote que je cherchais. Il fonctionna. J'allai à
Boston. Après la party, je passai la nuit chez
Frances. De la façon la plus imprévue, la tristesse
et le désir d'Edith m'assaillirent dès le lendemain,
au réveil. Alors que j'avais décidé de rester à
Boston, comme c'était naturel, jusqu'au
dimanche soir, je suis reparti le samedi même,
en fin d'après-midi. Et grâce à cette magie – instinct ou destin ? – qui n'abandonne jamais les
amoureux et semble même les poursuivre, le
hasard voulut que j'arrive à Willimantic juste à
temps pour rencontrer Edith. Il faisait déjà nuit.
Un peu avant Willimantic, sur la route de Boston,
il y a un restaurant. Je m'y étais arrêté et j'y
avais acheté un ou deux sandwiches à emporter
chez moi. En sortant, je croisai un bruyant
groupe de garçons et de filles qui entraient. Les
deux derniers étaient Edith et Bruce Wood. Ils
se tenaient par le bras. Edith me vit à l'instant
même où je la reconnus. Elle me salua à voix

(1) Massachusetts Institute of Technology (*N.d.T.*)

haute : « Hello, Edward ! » en riant avec cette jovialité exagérée, comme indifférente, des gens qui ont trop bu. Et moi au contraire... Ai-je eu la force de répondre à son salut ? Je ne m'en souviens pas. De toute façon, si je suis parvenu à sourire, elle a dû prendre ça pour une grimace. J'ai été m'enfermer dans un cinéma et j'ai mangé mes sandwiches en regardant le film.

Je lui téléphonai le lendemain matin. Elle dormait. Je demandai à sa mère qu'Edith m'appelle dès qu'elle serait réveillée. J'avais trouvé un excellent prétexte pour cela. Elle m'appela vers une heure. Je parlai avec calme. Je m'étais préparé.

— Tu as laissé ici un pull, tes chaussures blanches et d'autres affaires. Pourquoi est-ce que tu ne viens pas prendre tout ça ? Nous pouvons rester bons amis, non ?

— Bien sûr. Je viendrai à quatre heures. Ça te va ?

Je répondis que ça m'allait parfaitement. J'étais sincèrement convaincu que la scène serait très triste : l'adieu raisonnable que, dans mon innocence, je croyais possible entre nous. Mais dès qu'elle entra chez moi, je vis sur son visage quelque chose de nouveau : un sourire contenu, un regard incertain, une pâleur différente de sa pâleur habituelle. C'était la marque de Bruce Wood que je voyais là, et je ne le supportais pas. Pour la première fois de ma vie, j'éprouvais le besoin de frapper. La frapper ? La frapper avec l'illusion que tout redevienne comme avant ? Absurde, monstrueux, ridicule ! Mais c'était comme si je ne pouvais m'exprimer qu'en la frappant, et cette idée me répugna. Toutes ces réflexions m'étaient venues à l'esprit en l'espace d'un instant : et dans l'effort que je fis pour me retenir de lever la main sur elle, je ne m'aperçus même pas que je criais :

— Tu as été avec Bruce Wood, nie-le si tu l'oses !

— Parfaitement, je nie ! Il ne s'est rien passé avec Bruce !

La simple mention de cet odieux prénom, qu'elle avait peut-être, qu'elle avait sans doute murmuré en faisant l'amour, produisit sur moi l'effet d'un sanglant coup de fouet.

Je me remis à crier :

— Tais-toi, au moins !

— Et toi, où étais-tu l'autre nuit ? Ça ne répondait pas chez toi !

— J'étais à Boston, chez un ami, un Italien, je t'avais parlé de lui. Mais pourquoi est-ce que tu ne m'as pas rappelé la nuit dernière, quand tu as vu que j'étais revenu, hein ? Pourquoi est-ce que tu ne m'as pas rappelé ?

Elle se tut un moment, comme si elle réfléchissait à la meilleure façon de me blesser. Puis, me regardant droit dans les yeux, elle répondit :

— Parce que j'étais avec Bruce.

— Alors, tu étais avec lui !

— J'étais avec lui, mais pas au lit. Si tu m'avais téléphoné à minuit, tu m'aurais trouvée !

Je voyais qu'elle mentait. À quoi le voyais-je ? À la vivacité de sa réponse, à sa façon d'avancer vers moi, à l'étrange lueur sauvage qui rayait ses yeux pervenche. Elle me provoquait. Elle me fixait avec le même air agressif qu'elle aurait pu prendre pour m'affirmer le contraire : « Oui, j'ai été avec Bruce, au lit ! Oui, je me suis fait baiser ! Il m'a baisée ! » De toute évidence, même si elle ne mentait pas, elle cherchait à me le faire croire : parce qu'elle attendait de moi, comme preuve suprême de mon amour, cette réaction de violence qui me répugnait tant justement, mais que je souhaitais moi aussi.

— Vraiment, à minuit ! hurlai-je. Tu veux dire à midi !

– Non, à minuit ! Après qu'on s'est vus devant le restaurant, je suis retournée chez moi en vitesse, j'attendais ton coup de téléphone !

– J'étais furieux, je suis allé au cinéma. Je t'ai téléphoné ce matin, non ?

– Trop tard ! Tu arrives toujours trop tard, espèce de crétin !

Alors, je lui flanquai une gifle. Elle me rendit la monnaie de ma pièce en m'assenant une gifle plus forte que celle que je lui avais donnée, ce qui me décontenança totalement.

On n'est jamais prêt à accepter ce qui ne nous plaît pas. On est toujours novice lorsque manque jusqu'à l'expérience de l'imagination. Tout ce qui s'ensuivit fut donc une expérience nouvelle pour moi : gifles, coups de poing, coups de pied, accusations réciproques, insultes, elle niant ses infidélités et moi les miennes. Pour éviter un coup, elle glissa et tomba. Je tombai aussi, tout en continuant à la frapper tandis qu'elle se mettait à me griffer et à me mordre. Mais nos corps, accrochés l'un à l'autre, respiraient maintenant au même rythme. Notre lutte se transformait en quelque chose d'autre qui la continuait jusqu'à son extrême conséquence et la porta finalement à son but : à l'illusion folle, abstraite, angélique ou diabolique, que nous pouvions, en nous unissant physiquement, nous détruire et renaître différents de ce que nous étions encore un instant auparavant. C'était là, du moins, *ma* vérité. Je ne sais malheureusement pas si c'était aussi celle d'Edith. D'autres expériences m'ont appris par la suite qu'il existe une autre façon, bien différente, de faire l'amour : en adorant la personne avec laquelle nous nous unissons dans le plaisir. En l'adorant telle qu'elle est et pour ce qu'elle est, sans le moindre désir de la changer, et même en priant le destin qu'il nous la conserve inchangée.

Il est possible que cela ait été la façon d'Edith de faire l'amour avec moi : ce qu'elle éprouvait à mon égard. Ce n'était certes pas ce que j'éprouvais, moi, en faisant l'amour avec elle. Ce n'était pas mon cas. Et pourtant je suis certain de mon amour pour elle, l'unique et le plus grand amour de ma vie.

Après nous être battus et avoir fait l'amour, nous reposions sur le lit, immobiles, tout proches. Nous nous effleurions du bout des doigts, comme si c'était là le seul moyen dont nous disposions pour rétablir entre nous le mystérieux courant qui nous unissait. Enfin nos regards se rencontrèrent à nouveau, dans le profond silence de cet après-midi dominical, dans cette ville de la Nouvelle-Angleterre. Et dans la douceur d'un pardon que nous n'exprimions pas, dont nous n'avions même pas conscience, je me souviens qu'en fixant ses yeux pervenche encore pleins de larmes je me demandais tranquillement ce que je devais croire. M'avait-elle trompé ? Me trompait-elle encore ? C'était possible. Au fond, je ne voulais pas le savoir. Il me paraissait certain, dans un cas comme dans l'autre, qu'Edith était amoureuse de moi. Je sais : qu'elle fût amoureuse de moi était précisément le danger à éviter. Mais en même temps, c'était aussi ce que je désirais le plus au monde. Encore une chose que je ne comprends que maintenant, en y repensant. De même pour la nuit où elle avait disparu, et les nuits suivantes : quel que soit l'homme avec qui elle les avait passées, il me paraît aujourd'hui évident qu'elle n'avait pas tant voulu se venger de mes rapports – qu'elle soupçonnait ou devinait – avec Shirley ou d'autres filles, que me punir de l'ironie toute professorale avec laquelle j'avais raillé la mélancolique lettre d'Anna. Je m'étais moqué de sa grande amie et, partant, d'elle-même : il était clair que je me prenais pour un être infiniment supérieur.

Une fois passé l'été et une bonne partie de l'automne, nous arrivions à la fin du Fall Term, et les vacances de Noël approchaient : en juin de la nouvelle année 1962, mon contrat à Storrs arriverait à son terme et je retournerais en Italie. Entre ses hauts et ses bas, nos réconciliations chaque fois plus tendres et nos heurts de plus en plus violents, notre amour semblait croître par lui-même : après chaque dispute, nous recommencions à dormir ensemble comme mari et femme, ce qui ajoutait un nœud de plus, et plus solide, au lien involontaire qui nous enserrait.

Je n'ai jamais eu de preuves dans un sens ni dans l'autre des infidélités réelles ou supposées d'Edith, mais il y en a eu encore, et beaucoup. Moi aussi je la trompais. En novembre, par exemple, je dus me rendre à l'université de Rutgers, dans le New Jersey, pour y donner une série de conférences et de séminaires pendant une semaine. Edith tenta d'obtenir de la blanchisserie quelques jours de congé pour venir avec moi : en vain. Je partis donc avec Shirley, qui d'ailleurs m'était utile pour les séminaires, bien qu'elle ne me fût pas vraiment indispensable – Edith ignorant qu'elle m'accompagnait. Cette semaine-là, je fis l'amour avec Shirley toutes les nuits. Nous avions des chambres séparées dans le même hôtel. Après Shirley, je fis également l'amour avec d'autres filles, à diverses occasions. Mais quelle importance cela avait-il ?

Certes, j'étais prudent et discret à l'extrême, faisant en sorte qu'Edith ne découvrît pas mes incartades. Toute tentation cessait aussitôt d'en être une si elle présentait le moindre risque qu'Edith vînt à l'apprendre. Et cela pas seulement parce que je redoutais sa jalousie et ses vengeances, mais plus encore parce que sa souffrance aurait été une souffrance aussi pour moi. Je me rends compte que je peux paraître hypocrite. Mais c'est la pure vérité : vraiment, je ne me sentais pas coupable, car je n'avais pas conscience de la tromper. Exactement comme si Edith était pour moi une mère ou une sœur que j'aimais infiniment plus que toute autre personne au monde, mais d'une façon totalement différente – oui, infiniment plus. Il n'y avait pas chez moi de réciprocité possible. J'étais très jaloux d'Edith, le moindre soupçon de sa trahison m'angoissait. Mais j'excluais que ses possibles trahisons, que je soupçonnais seulement, puissent ressembler, même abstraitement, à mes infidélités réelles, qui, elles, étaient parfaitement perpétrées. Folie ? Cela me paraissait de la sagesse au contraire, et ce mot d'un de mes vieux amis, qui fut aussi un grand poète (1), me réconfortait : « Le corps de l'homme est vif et rapide, celui de la femme retient. » Ces années-là ne connaissaient pas encore le triomphe du féminisme et, pour moi, les autres filles n'avaient pas d'importance, hormis celle des plaisirs éphémères qu'elles me procuraient. Ou plutôt si, elles avaient une importance : une seule, une immense importance : elles étaient toutes étrangement liées à l'affection que m'inspirait Edith.

Une fois encore il me faut préciser le sens d'une réalité qui m'échappait alors. À cette époque, je me disais simplement, stupidement, que j'étais fait comme ça, que j'étais faible, contradictoire et quelque peu schizophrène. Après tant d'années, à travers de longues et douloureuses réflexions, je crois avoir compris aujourd'hui ce qu'il en est pour moi, mais aussi pour beaucoup d'autres hommes. Et il n'en va pas autrement (c'est là ma dernière découverte) pour bien des

(1) Allusion vraisemblable à Giacomo Noventa (1898-1960).

femmes : l'amour indissoluble qui nous lie parfois à un être unique implique la perte de notre liberté; et nous ne sommes jamais aussi amoureux de lui que lorsque nous cherchons – tout en sachant que ce n'est qu'une tentative – à nous en délivrer. En ce sens les infidélités passagères sont donc la forme de fidélité la plus infernale qui soit. Infernale, parce qu'elle n'est cruelle que pour nous : en effet, il est absolument nécessaire que l'être unique que nous aimons n'en sache rien.

À cette époque, pourtant, ma situation était encore plus ambiguë. Au cours des deux premières années, mes deux années passées à Storrs, je n'avais pas encore compris que les tentatives pour me libérer étaient stériles et vaines, alors que je croyais chaque fois qu'elles étaient susceptibles de me délivrer. C'est si vrai qu'au printemps 62, alors que se rapprochaient peu à peu l'heure de mon retour en Italie et le moment de dire adieu à Edith, les autres femmes – y compris celles qui me plaisaient le plus, à commencer par Shirley et Frances – perdirent tout leur charme à mes yeux. Quel besoin avais-je d'être libre, au fond, quand je savais, hélas ! que je pourrais jouir de cette liberté pour toujours dès que l'océan et la vie m'auraient séparé d'Edith ? C'est pourquoi de février à juin, je crois avoir été aussi fidèle que le plus fidèle des maris.

Au cours de ces derniers mois, l'idée du mariage m'était bien sûr venue à l'esprit. Mais je n'en disais rien à Edith. J'hésitais. Devant l'imminence de mon retour en Europe et de notre séparation, nos bavardages nocturnes devinrent fort tendres. J'aurais tellement voulu lui parler sincèrement, lui confier mon angoisse, lui expliquer ma situation. Mais à quoi bon la décevoir ? lui donner des illusions ?

Un emploi m'attendait en Italie : un poste de suppléant dans un lycée technique de Milan ou près de Milan. Peut-être même aurais-je un poste à l'Université, en qualité d'assistant de mon vieux professeur, Federico Olivero Junior, qui m'avait fait passer mon diplôme. Mais je serais très mal payé, surtout les premiers temps. Or, il fallait que je pense à ma mère. Elle avait vécu pendant presque deux ans du petit usufruit d'un appartement que m'avait laissé mon père ainsi que de la vente de quelques tableaux et de quelques bibelots de valeur. Un peu aussi de ce que rapportaient mes articles sur la littérature américaine que je faisais parvenir, de Willimantic, à un journal italien et qu'on lui versait directement. C'était assez maigre. Il faudrait que je l'aide davantage à mon retour en Italie. Comment pouvait-on penser à se marier dans de telles conditions ? Je n'avais, assurément, pas les moyens de faire vivre Edith avec moi en Italie. Pour que mon mariage eût un sens, il aurait fallu trouver du travail en Amérique et y rester. Sans rien dire à Edith pour le moment, je me mis donc à chercher un poste de lecteur dans un quelconque collège des States; j'avais écrit et fait écrire par des amis professeurs à Storrs. Des réponses commencèrent à me parvenir. Comme elles étaient adressées à l'Université, Edith ne pouvait en prendre connaissance. Toutes négatives : les chaires et les postes de chargés de cours avaient été tous pourvus depuis la fin mars. Et, de fait, dès que je fis allusion non pas à un mariage éventuel, mais simplement à mon espérance de pouvoir rester en Amérique, Edith m'agressa aussitôt :

— Tu t'es décidé trop tard, comme toujours !

Sa réponse me surprit. Je la croyais assez ignorante des dates du calendrier universitaire.

Mais, visiblement, vivant ici depuis toujours, elle était au courant.

Je continuai mes vaines tentatives pour trouver un poste sans plus lui en parler. Ce reproche, pour moi si brûlant parce qu'involontaire justement, passionné, qui avait échappé au contrôle d'Edith, avait réussi à me faire comprendre qu'elle désirait, sans jamais me le dire, que je ne retourne pas en Italie ! Un soir, en rentrant à la maison avec elle, je trouvai une réponse à mes demandes d'emploi dans la boîte aux lettres, parmi d'autres : on l'avait envoyée, par erreur, à mon adresse personnelle.

L'enveloppe portait l'en-tête de l'université d'Austin, au Texas. C'était sûrement la réponse d'un professeur de là-bas, un Américain, mais fils d'un Italien de mes amis. Qui sait, c'était peut-être une réponse positive ! Je l'ouvris anxieusement en montant l'escalier. Négative elle aussi. Mais en entrant dans l'appartement, je cédai à une faiblesse soudaine :

— Tu vois, ma chérie, dis-je à Edith sans lever les yeux sur elle et en faisant mine de parcourir les autres enveloppes. Cette lettre... vient de l'université d'Austin. Si elle m'avait annoncé qu'il y avait un poste libre pour moi, nous aurions peut-être pu nous marier...

Elle éclata d'un rire violent, hystérique, artificiel :

— Mon pauvre petit ! Et où as-tu pris que j'avais envie de t'épouser ?

— C'est donc aussi bien comme ça, dis-je avec amertume.

— C'est mieux comme ça, c'est sûr, mille fois mieux. Parce que tu es complètement fou ! Et parce que je ne veux me marier avec personne, et surtout pas avec toi !

— Tu pourrais épouser Bruce Wood ?

— Et pourquoi pas ? Nous nous entendons

bien. Ce n'est pas mon type, mais il ferait un mari très potable. Ote-toi de la tête ces idioties de mariage. Dépêche-toi de retourner en Italie, comme ça tu n'y penseras plus !

– Et toi ?

– Moi, je n'y ai jamais pensé, mon petit chéri. Et maintenant, arrête de me casser les pieds !

Le moment du départ arriva et je retins ma place dans l'avion. J'aurais bien voulu, à l'occasion de ce départ, faire cadeau de la Volkswagen à Edith. Mais j'étais obligé de la vendre. J'avais besoin de ces dollars pour ne pas arriver chez moi les mains vides.

Deux ou trois soirs avant mon départ, nous avions rendez-vous sur le campus, comme d'habitude, lorsque Edith arriva avec sa camionnette. Elle tenait un télégramme à la main et elle était tout excitée :

– Tu ne peux pas repousser ton départ ? De trois jours, rien que trois jours ? Anna arrive ! Tu pourras faire sa connaissance, on passera une soirée ensemble. Son show ne marche plus. Elle revient définitivement. Au fond, ce job ne lui a jamais plu. Pourquoi est-ce que tu ne repousses pas ton départ ? Je t'en prie !

Il ne lui était jamais arrivé de me dire : « Je t'en prie. » Cette fois, elle avait même un ton implorant !

J'avais prévu de revoir mon vieux professeur dès le deuxième jour de mon arrivée à Milan : il partait ensuite comme d'habitude passer ses vacances en Angleterre, de sorte qu'il m'était impossible de différer la date de mon départ. Je le dis aussitôt à Edith. Et je n'aurais cédé pour rien au monde. Désormais, Edith allait reporter sa rude tendresse, que j'aimais tant, sur cette Anna : j'étais jaloux d'Anna, je la détestais.

Nous nous sommes dit adieu le matin du 17 juin 1962.

Un ami devait m'accompagner à New York dans son station-wagon. C'était un de mes vieux collègues, ou plutôt un de mes patrons, puisqu'il dirigeait le département de Littérature et de Langues romanes. C'est lui qui m'avait trouvé ce poste à Storrs : au cours de ces deux années il m'avait toujours entouré de sa protection et de ses conseils. Il devait passer me prendre en bas de chez moi, à sept heures du matin, pour m'accompagner à l'aéroport, à New York.

Edith s'était levée à temps pour préparer le petit déjeuner. Le soir précédent, lors du dîner chez ses parents, nous étions émus tous les quatre, comme si je faisais partie de la famille : son père m'avait fait cadeau d'une vieille pipe en écume venant de Tchécoslovaquie. Sa mère pleurait, elle n'en finissait pas de m'embrasser. À neuf heures, nous rentrâmes à la maison. Edith m'aida à faire mes valises. Il fallait que j'emporte une foule de livres.

Ce matin-là, je n'avais pas faim. Edith si. Ensuite, elle se remit au lit. C'était un samedi, elle ne travaillait pas :

– Comme ça, dès que tu seras parti, je me rendormirai jusqu'à midi.

Elle avait pourtant l'air parfaitement réveillée. Je ne lui avais jamais vu des yeux aussi émus : plus que la fois où nous nous étions battus, plus que toutes les autres fois.

Je descendis déposer mes valises au rez-de-chaussée puis je remontai. Auparavant, je lui avais donné mes clefs pour qu'elle les rende au propriétaire, et confié le soin de régler les derniers détails. Nous entendîmes le klaxon du station-wagon.

Je me penchai sur elle, elle ferma les yeux pour m'embrasser. Non, rien dans mon cœur ne me disait que je la reverrais. C'était le dernier baiser, un soupir, comme le souffle d'une seule âme. Mon cœur ne me disait rien de plus.

7

À moi. Elle est à moi, maintenant. Edith est mon épouse. Edith est ma femme. Personne ne pourra me la prendre, plus jamais.

Ce sont les mots que je me disais à la Croix-Blanche, après avoir porté mon toast. J'étais revenu m'asseoir entre Edith et Anna. Je me fis violence pour cesser de regarder les mains d'Anna, « les plus belles mains du monde », essayant d'oublier le plaisir que j'avais ressenti, quelques instants plus tôt, quand elle avait mis sa main droite dans la mienne.

Alors je vis les mains d'Edith, si différentes : rêches, robustes, elles m'avaient toujours profondément ému parce qu'elles révélaient pour moi la grande douceur cachée de son amour. Et maintenant que je les comparais à celles d'Anna, elles firent naître en moi une tendresse plus émouvante encore, déchirante, victorieuse. Et Anna, était-elle capable d'aimer ? Certes, elle aimait Vaclav, puisqu'elle l'avait épousé. Mais comment l'aimait-elle ?

Mais non, je n'avais pas le droit de penser à Anna en un moment pareil. C'est vrai : Anna me plut dès la première seconde où je l'ai vue, bouleversant en cela toutes mes prévisions, à ma grande surprise. Peut-être m'avait-elle plu justement parce qu'elle était plus haute, plus grande, plus belle que je n'aurais pu l'imaginer d'après ses photos. Mais peut-être m'avait-elle plu aussi à cause de ce besoin brutal, irrésistible, que nous éprouvons tous, par moments, d'être en contra-diction avec nous-mêmes. Découvrir qu'une anti-pathie que nous éprouvons depuis longtemps est sans fondement nous pousse d'une façon perverse à une sympathie tout aussi peu fondée et suscite en nous une sensation inespérée de vie et de liberté. Je sus, dès lors, qu'Anna me plairait toujours, et pourtant je décidai de la cantonner dans un coin de moi-même pour ainsi dire, sin-cèrement convaincu que le fait qu'elle me plaise n'avait guère d'importance. Quel sens pouvait donc avoir une excitation de cet ordre, stricte-ment sensuelle – « la beauté des mains d'Anna » – comparée à mon amour pour Edith ? Il ne me vint même pas à l'esprit de penser qu'Anna, plus tard, pourrait s'interposer entre moi et mon amour pour Edith. Cette perspective me semblait aberrante, puérile même. Bien plus, si dès ce moment j'avais pensé qu'elle s'immiscerait entre moi et Edith, c'est cela qui aurait été grave. Edith l'aimait plus qu'une sœur, et elle était si contente de ce voyage de noces que nous allions faire ensemble à Venise ! Je venais enfin de faire la connaissance d'Anna : si j'avais persisté dans cette attitude d'antipathie, cela eût créé entre Edith et moi des dissensions, des désaccords, de petites chamailleries à n'en plus finir !

J'en vins à me souvenir d'une de mes tantes, une sœur de mon père, laquelle me donnait des leçons de piano.

Célibataire et très attirante, elle vivait seule, dans une villa, à San Siro. J'étais un petit garçon alors, et j'allais faire mes gammes chez elle. Elle me faisait étudier des symphonies de Haydn, dans des adaptations pour quatre mains. Pour jouer, elle ôtait la veste de son tailleur. Elle portait des chemisiers blancs brodés, diaphanes, qui laissaient voir la nudité de ses beaux bras. Le simple contact de son coude m'excitait. Maintenant je vais l'embrasser, me disais-je. Cela provoquait en moi une tentation très forte, mais que je parvins chaque fois à surmonter sans mal. Eh bien ! il en irait de même, maintenant, si je devais me retrouver seul en tête à tête avec Anna. Je n'étais plus un petit garçon, et dans des situations de ce genre la volonté doit bien servir à quelque chose.

Je pensais à tout cela, pendant le repas de noce, quand, m'étant remis à regarder les mains de ma femme, je les effleurais des doigts, comme si je voulais me donner à moi-même, par ce contact, l'assurance que ma fidélité resterait indéfectible.

Au cours de ces longs mois d'attente – notre séparation avait duré onze mois –, c'était sans doute le souvenir des mains d'Edith qui m'avait inspiré le plus violent désir. C'étaient des mains fraternelles, loyales, travailleuses. Elles représentaient le vivant symbole de l'unique femme qui pouvait être ma compagne pour la vie.

Au cours de ces deux années à Storrs, je ne m'étais pas contenté d'envoyer des articles aux journaux : j'avais travaillé aussi, beaucoup lu, et pris une quantité de notes. Une fois revenu à Milan, je fis part à mon vieux professeur de mon projet d'écrire un livre : il traiterait de la littérature américaine contemporaine, et de son influence sur les écrivains italiens d'aujourd'hui. Il m'encouragea et me garantit que je serais publié. Je passai tout l'été, en ville, à travailler. Le livre parut en novembre, et connut immédiatement un certain succès. J'obtins le poste que je voulais à l'université de Milan. Enfin, je repris au début de l'année suivante la correspondance que j'avais entamée avec quelques professeurs, à l'époque où je cherchais à rester aux States : c'était, à mes yeux, la chose la plus importante.

Je reçus, dès le mois de février, une lettre d'A. F., doyen de l'Italian Department de Berkeley, université de Californie. C'était une lettre très encourageante : elle me laissait sérieusement espérer qu'on pourrait m'offrir un poste.

Depuis que j'étais rentré en Italie, j'avais écrit à Edith régulièrement. En lui envoyant un télégramme à l'avance pour la prévenir de mon appel, je lui avais même téléphoné une ou deux fois. Je ne voulais cependant pas la décevoir inutilement, aussi n'avais-je jamais fait allusion à mon projet de retourner en Amérique. Mais à présent que j'avais reçu cette lettre de Berkeley, je pris mon courage à deux mains, je lui téléphonai et lui racontai tout. Au dernier moment, alors que j'allais raccrocher, elle me suffoqua :

— Attends une minute. Il y a une chose que j'ai toujours oublié de te dire et que j'allais encore oublier : je pense à toi sans cesse, tous les jours et à toutes les heures. I love you.

Ce qui me décida, je jure que ce ne furent pas ces mots, que je n'espérais pas, auxquels je n'osais pas croire : ce qui me décida, ce fut simplement que sa voix tremblait en me les disant. Non que j'eusse d'ailleurs abandonné l'idée de l'épouser. Je pensais simplement que si j'allais en Californie je m'arrêterais à Willimantic, et qu'alors je reviendrais probablement à la charge.

Ce fut sa voix tremblante qui me décida.

Sans même penser à ce que j'allais dire :

— Edith, dis-je, si je suis nommé professeur à Berkeley, tu veux bien venir avec moi ? On se marierait, bien sûr. Tu veux bien ?

— Oh ! shit ! fut sa réponse : Merde !

Quand, enfin, au début d'avril, je fus officiellement nommé à Berkeley, je télégraphiai à Edith au lieu de lui téléphoner. Mon télégramme était long, médité, précis : je l'informai de ma nomination, je lui dis que nous nous marierions fin mai en Italie, et qu'elle devait préparer ses papiers. Je la priais de me répondre par télégramme, en ajoutant que de toute façon je lui avais déjà expédié son billet d'avion.

Je n'espérais pas trop, malgré tout. Dans le meilleur des cas, je craignais qu'Edith ne me demande un peu de temps pour réfléchir. J'étais au moins sûr d'une chose : que par télégramme, elle ne me répondrait pas une fois de plus par une grossièreté.

Sa réponse se fit attendre. Une semaine d'anxiété, durant laquelle je fus pratiquement incapable de travailler, et même de penser. Je passais ma vie à vagabonder dans le centre de Milan, piazza del Duomo, la Galleria, le Corso, via Manzoni. Il me semblait, absurdement, n'avoir d'autre mémoire que Milan et n'avoir à attendre, du reste de mon existence, rien d'autre que Milan. J'allais voir un film l'après-midi, puis un autre le soir. Commençant à désespérer, je lui envoyai un second télégramme où je la suppliais de me répondre, au moins par « yes » ou « no ». Après en avoir écrit le texte, je gardai le formulaire en poche pendant deux jours : le matin du troisième jour, je me décidai à l'expédier, et je sortis pour aller à la poste de l'*Italcable*. Chez le concierge, je trouvai sa réponse qui venait juste d'arriver.

Dans son télégramme, Edith m'informait qu'elle avait démissionné de chez Virginia Cleaners; puis suivaient très simplement le jour de son départ, le numéro du vol et le mot *love*.

Il était donc dit qu'elle me surprendrait toujours. Était-ce sa nature même qui voulait qu'il en soit ainsi entre nous ?

J'allai la chercher à la Malpensa, et je l'emmenai directement à la maison. Dès qu'elle la vit, ma mère l'embrassa comme si elle la connaissait depuis l'enfance. Elle eut en elle une confiance immédiate, et l'aima tout de suite.

Edith passa chez moi, à Milan, les quinze jours qui précédèrent notre mariage. Un soir, par hasard, je crus découvrir en bavardant avec elle la raison d'un accord si soudain.

Pendant notre séparation, Edith avait répondu à mes missives par des lettres laconiques mais émouvantes : tout en les lisant, je me repentais amèrement de la vulgarité, de la facile cruauté avec lesquelles j'avais bassement raillé celles d'Anna. Je compris que, lorsqu'elle m'écrivait, Edith était surtout soucieuse de la façon dont elle s'exprimait. Elle disait qu'elle avait bien reçu mes lettres, elle me remerciait, elle me donnait des nouvelles de chez elle. Elle trouvait chaque fois le moyen de me tourner une ou deux phrases d'affectueuse plaisanterie, mais toujours en usant du minimum de mots possible, même quand elle m'annonça qu'elle s'était inscrite à deux cours privés de comptabilité. C'étaient des cours pour salariés, c'est-à-dire qu'ils avaient lieu tard dans l'après-midi. Cinq fois par semaine, en sortant de chez Virginia Cleaners, elle allait à l'Université. Elle passait ses soirées et ses week-ends à étudier. Edith me disait tout cela en deux lignes, sans y accorder d'importance. J'en fus très surpris, content, ému, et plus j'y pensais et plus cela me paraissait important. C'étaient des lettres dactylographiées : elle les dictait à Anna qui possédait une machine.

Du reste, ses lettres ne manquaient jamais de m'informer de ce que faisait Anna. Aussi brèves que fussent ces informations sur Anna, elles m'agaçaient toujours : Anna, depuis son retour, cherchait du travail, mais elle n'en trouvait pas; Anna était très nerveuse parce que ses économies fondaient; Anna avait trouvé du travail comme mannequin dans un grand magazine de mode, à New Haven; Anna avait quitté son travail de New Haven parce qu'il ne lui plaisait pas et que c'était trop loin de Willimantic; tout son salaire passait dans la nourriture et le logement; Anna, à présent, travaillait à Hartford, situé à un peu plus de 20 miles de Willimantic : elle vivait chez sa mère, elle était heureuse; et puis, l'arrivée de Vaclav, démobilisé; il allait très bien, et il avait de la chance, lui ! il y avait un officier qui s'était pris d'amitié pour lui pendant son service; c'était son commandant, et il avait lui aussi quitté la Marine pour ouvrir à New York un bureau d'import-export; et c'était là sa chance : dès que Vaclav avait été libéré, son commandant avait tenu sa promesse de l'engager comme coursier. Heureux Vaclav; il allait s'installer à New York; ensuite, il leur fit une surprise : il était venu passer le week-end à la maison; puis il était revenu le week-end suivant; « aujourd'hui, tu ne devineras jamais : Vaclav s'est fiancé avec Anna ! » Enfin, dans une de ses dernières lettres : « Vaclav et Anna vont se marier dans un mois. »

Or, ce soir-là, à Milan, nous bavardions après avoir fait l'amour, et nous parlions justement du mariage de Vaclav et d'Anna, qui avait été célébré, m'apprit Edith, à l'église catholique de Willimantic, le 6 avril. Quand j'avais reçu la lettre où elle me l'annonçait, je n'y avais pas prêté attention : tout ce qui concernait Anna m'ennuyait purement et simplement. Pourtant, s'il y avait une date dont je me souvenais, c'était précisément celle du jour où j'avais envoyé à Edith ce télégramme si pesé et si résolu : c'était le lendemain, le 7 avril.

Bien sûr ! Tout devenait très clair ! Le mariage d'Anna et de son frère lui avait fait surmonter d'un seul coup toutes ses hésitations. Autrement, elle n'aurait jamais consenti à m'épouser aussi vite. Et surtout, elle ne serait jamais venue en

Italie exprès pour ça. Elle devait vraiment l'aimer beaucoup, sa grande amie qui était à présent sa belle-sœur ! En découvrant ainsi d'un seul coup qu'Edith n'avait décidé de m'épouser que parce qu'Anna s'était mariée, j'éprouvai à l'égard d'Anna une jalousie pleine de dépit. Je m'expliquai mieux ce voyage de noces à quatre, et il commença à m'agacer, ce projet idiot ! Oui, il m'avait semblé tout de suite idiot, dès qu'Edith m'en avait parlé; mais comme je voyais bien qu'elle était très enthousiaste, et, tout à la joie de la tenir dans mes bras les premiers jours à Milan, je m'étais retenu de lui dire ce que j'en pensais. Maintenant que j'avais deviné quel réflexe enfantin était à l'origine de sa surprenante décision, j'eus encore moins le courage de lui dire que pour ce voyage de noces à quatre je n'étais pas d'accord. Bien sûr, avec son intuition slave, Edith savait toujours ce qui me passait par la tête. Là encore elle devina mes réticences. Mais comme elle se souvenait de mon antipathie têtue pour Anna à Willimantic, elle comptait bien que le jour où je ferais enfin sa connaissance je reviendrais sur mon opinion.

La grande spécialité de la Croix-Blanche était la truite du Mucrone : ma mère l'avait bien sûr choisie comme plat de résistance. Le Mucrone est un petit lac, dans les montagnes qui surplombent Oropa. Ce matin-là, hélas ! avaient lieu dans les arrière-salles sombres de l'établissement deux autres banquets plus importants que le nôtre, et, de plus, notre lumineuse véranda était loin des cuisines. Bref, le service traînait en longueur; une fois les entrées et le risotto avalés, la fameuse truite n'en finissait pas d'arriver. Celui de nos témoins qui ne parlait pas l'anglais, le colonel Spingardi, un vieil ami de ma mère, regardait continuellement l'heure avec une grande nervosité : comme beaucoup de vieilles gens qui sautent le repas du soir, il supportait mal d'avoir faim à midi. Il était assis en face de nous, à côté du prêtre. Soudain, il me demanda :

– Edoardo, à quelle heure part votre train pour Venise ?

Ma mère sourit malicieusement :

– Ne vous faites donc pas de souci, colonel ! Les quatre mariés partent en voiture !

– Oui, dis-je, on ne s'arrête pas à Milan, les valises sont déjà prêtes. Nous arriverons à temps pour voir le coucher de soleil sur la lagune, ne vous inquiétez pas !

C'est alors que je m'aperçus à ma grande surprise que l'idée de ce voyage de noces ne m'inspirait plus aucune aversion. Curieux état d'esprit que le mien : un mélange de joie, de sécurité et d'inquiétude tout à la fois. Joie, parce qu'Anna venait avec nous. Sécurité, parce qu'Edith avait tout de suite compris qu'Anna m'était sympathique. Inquiétude enfin, parce qu'Edith pouvait aussi se poser des questions sur la nature exacte de cette sympathie... Peut-être pas, d'ailleurs. Peut-être son amitié passionnée, inconditionnelle, pour Anna l'immunisait-elle contre tout soupçon, et m'autorisait donc à compter en toutes circonstances sur sa candeur et son aveuglement ? Ce fut sans doute pour cette raison que deux heures plus tard, quand nous nous levâmes de table, une bouleversante tentation m'assaillit soudain.

Bien qu'aucun de nos deux couples n'eût les moyens de gaspiller son argent, il était normal que ce soit moi qui règle le repas de noce. Mais Edith m'avait dit qu'avant de répondre à mon télégramme elles avaient, un soir, longuement parlé de tout cela avec Anna, à Willimantic. Et elles avaient décidé que nous partagerions tous les frais : les dépenses du voyage, l'hôtel et le restaurant à Venise, et même le déjeuner à

Oropa, toutes ces dépenses seraient divisées en deux parts égales entre eux et nous.

Profitant de l'émotion et de la joyeuse confusion des adieux, tandis que tout le monde sortait de la véranda sur la place, je retournai à l'intérieur de l'hôtel. Ce mouvement n'échappa pas à Edith :

— Attends Anna ! me murmura-t-elle.

— Pourquoi Anna ? Vaclav aussi, non ?

— Tu ne vois pas qu'il est soûl ? Et puis c'est Anna qui s'occupe de tout !

— Eh bien, pour le moment, c'est moi, affirmai-je. Après on partagera.

— Non, je ne veux pas.

Et elle appela Anna; celle-ci me rejoignit à l'intérieur de l'hôtel devant la caisse. La vieille patronne était occupée à faire ses comptes. C'était sans doute parce que nous venions de quitter l'éblouissante lumière de la véranda que tout, ici, me semblait plongé dans une obscurité presque totale.

Anna et moi restions silencieux. Nous nous regardions en souriant. C'était la première fois que je voyais bien ses yeux : marron foncé, veloutés et brillants, une expression étrange, à la fois malicieuse et enfantine, perverse peut-être, comme celle qu'on voit aux Africains et qui parfois n'appartient qu'à eux. Je regardais de nouveau ses mains fuselées, douces et délicates, qui serraient sur son cœur un sac de crocodile beige qu'elle ne cessait d'ouvrir et de refermer, tranquillement, comme s'il s'agissait d'un jeu.

La patronne me tendit l'addition. Anna rouvrit son sac. À ce moment, mon regard tomba sur ses mains exquises, et je n'hésitai plus, m'abandonnant au douloureux désir qui me tourmentait depuis quelques instants :

— Laisse, Anna, c'est moi qui paie.

— Edith ne t'a pas parlé du pacte que nous avons passé toutes les deux ?

– Si, bien sûr, mais laisse-moi payer quand même. Sais-tu que tu ne me plaisais pas jusqu'à cette rencontre ?

Elle dit :

– Je le sais. Edith me l'a dit franchement. Tu étais jaloux de moi.

– Eh bien ! maintenant, laisse-moi m'occuper de ça. Pour te prouver que j'ai changé d'avis.

Elle baissa un instant les yeux, comme pour regarder dans sa pochette : quand elle les releva sur moi, ils avaient pris une expression différente : rétrécis, leurs pupilles noires comme des points lumineux. Ses yeux me scrutaient, curieux et amusés :

– O.K., mais à une condition. Edith ne serait pas contente si elle le savait. Elle ne me le pardonnerait pas. Il ne faut donc pas qu'elle le sache, jamais. Tu me le promets ?

Fasciné par ses yeux qui, dans l'attente de ma réponse, me fixaient avec une sorte de rire cruel, je sentis un frisson me labourer le dos. Je compris que c'était comme si Anna me proposait de commettre un crime. J'aurais dû refuser sa proposition. Je murmurai au contraire, en soutenant son regard parce qu'il me faisait mal :

– O.K. Je promets.

Le clic du sac scella mon engagement. Une fois son sac fermé, elle retrouva le même sourire qu'auparavant, à la fois enfantin et sauvage. Elle dit du bout des lèvres :

– We split it. On partage.

Puis elle s'enfuit en courant.

Nous nous étions parlé, l'un à l'autre, du bout des lèvres, dans un anglais très bref. En payant, je constatai avec un grand soulagement que la vieille femme témoin de mon délit ne pouvait pas avoir compris.

Je sortis sur la place, chauffée par le soleil. Tout le monde était déjà loin. Ils finissaient de descendre le grand escalier menant à l'esplanade inférieure, à l'endroit où étaient garées les voitures. Mais alors, qui était donc Anna ? Qu'était Anna ? Je regardai en direction du Sanctuaire, et sans l'avoir voulu, peut-être même sans y penser, je me mis à prier. Oui, pendant un instant, dans un soupir angoissé, je priai la Madone noire. Pourquoi cette prière ? Parce qu'Anna était le Mal, Edith le Bien, et que je ne me sentais la force de renoncer ni à l'une ni à l'autre ?

8

À notre départ d'Oropa, Vaclav s'était endormi. Même dans ma Fiat, qui était pourtant plus spacieuse que mon antique Volkswagen, il n'avait pu se caser que sur le siège avant. Sans chemise, sans chaussures, ses longues jambes repliées sous lui, il dormit comme un bébé jusqu'à Piazzale Roma, sa tête aux cheveux blond paille renversée sur l'appui-tête, les joues exsangues, la bouche entrouverte. Pendant ce temps, Edith et Anna, assises à l'arrière, papotaient avec une allégresse inépuisable, invraisemblable, mystérieuse presque. Dans mon dos, leurs rires éclataient à tout instant, brusques, crispants. Elles parlaient tant et avec un tel débit que je n'arrivais jamais à saisir la raison de leur hilarité : ce qui les faisait rire était sans doute une histoire à chaque fois différente, mais qui à moi paraissait toujours la même.

À Piazzale Roma, je décidai de prendre non pas un canot à moteur, mais une gondole, seul moyen de bien visiter Venise pour eux trois qui ne l'avaient jamais vue. Le soleil était déjà couché, les premières lumières s'allumaient. Mais dès que nous eûmes croisé une autre gondole à bord de laquelle on jouait de l'accordéon pour un couple d'amoureux qui se bécotaient, Vaclav, aussitôt, voulut les imiter : il prit Anna dans ses bras et se mit à l'embrasser, se tournant de temps à autre vers Edith et moi assis derrière.

« Regarde Venise ! » lui disait Anna. Mais lui continuait de l'embrasser, les yeux fermés. Et s'il les rouvrait quelquefois c'était seulement pour les lever un instant sur nous : il détachait alors ses lèvres de celles d'Anna et se mettait à rire comme un fou.

Edith et moi, serrés l'un contre l'autre, silencieux, nous tenions tendrement la main. Nous admirions les vieux palais qui s'avançaient vers nous, leurs reflets colorés et tremblants sur le canal bleu sombre, et le scintillement des gouttes d'écume que soulevait la godille du gondolier debout au-dessus de nous. Pendant ce temps, Vaclav continuait d'embrasser Anna.

– Ça suffit maintenant, regarde Venise ! lui redit-elle.

Et Vaclav, tourné vers nous, lui répondit :

– Mais je la regarde, Venise. Puisqu'en italien Venise signifie *cité de l'amour*, n'est-ce pas, Edoardo ?

– Signifie ? C'est une antonomase... une phrase toute faite, une façon de dire, crus-je devoir préciser en professeur.

– Tu es encore ivre, gronda Edith. Comment va-t-on faire, maintenant, pour se présenter à l'hôtel avec un ivrogne ? Il n'y a plus qu'à attendre que tu aies dessoûlé !

– Au contraire ! Les hôtels de la cité de l'amour sont faits pour les gens ivres d'amour comme moi !

Nous avions réservé deux chambres à l'hôtel Monaco et Grand-Canal. Une douche, nous défaisons nos valises, nous nous changeons. Place Saint-Marc, le Florian, apéritif, dîner dans une petite trattoria bondée. Tout comme tout le monde. Une semaine passa ainsi.

L'après-midi, au Lido, de longs bains. Vaclav nageait le crawl comme un champion, Edith aussi. Edith surtout aimait jouer et rester dans l'eau; elle n'avait jamais froid, même quand le soleil avait disparu. Il y avait, entre elle et la mer, une sorte d'accord naturel. Curieux, parce que Prague est à cinq cents kilomètres de la Baltique. Et Cracovie, patrie de Conrad, en est éloignée de sept cents. Un instinct mystérieux apparente plus ou moins chaque être humain à la mer, à travers les générations qui l'ont précédé. Les parents d'Anna par exemple étaient nés en Sicile, et il était évident qu'elle n'avait pas pour la mer beaucoup de sympathie.

La nuit, amour et longs sommes.

Le matin, musées et galeries d'art, promenades à Torcello, Chioggia, Murano, Burano... Rien n'a troublé notre double lune de miel.

À moi, pourtant, la nuit même de notre arrivée à l'hôtel Monaco, il m'était arrivé quelque chose.

– Je suis contente, me dit Edith quand, après avoir fait l'amour et éteint la lumière, nous retrouvâmes tout doucement, selon la douce habitude que nous avions aussitôt reprise en Italie, notre position particulière pour dormir enlacés. Je suis contente pour Vaclav, même si les premiers mois seront durs. Il ne gagne pas encore assez pour louer un appartement à New York. Anna ne peut pas quitter Hartford et rester sans travail. Et c'est impossible de trouver du travail à New York sans rester là-bas au moins un peu. C'est pour ça qu'ils vivent séparés pour l'instant, et que Vaclav vient à Willimantic le week-end. Du vendredi soir au lundi matin, il vit chez Anna : Mme Russo leur a laissé sa chambre, qui est plus grande. Ce n'est qu'une installation provisoire. Mais je suis contente quand même... pour une raison. Je ne te l'avais jamais dit, mais ça fait des années que je me fais du souci pour lui. Parfois, je pensais... je serais incapable de te dire pourquoi, j'avais bien de vagues soupçons, mais jamais un fait précis... J'avais fini par découvrir... je pensais qu'il avait des tendances homosexuelles. C'est pour ça que je suis contente qu'il se soit marié, et qu'il ait épousé Anna, une femme qui a une grande expérience de la vie.

– Bien sûr, bien sûr... répondis-je, déjà à moitié endormi, feignant l'indifférence.

Je mentais, hélas ! Je ne m'attendais pas du tout à entendre Edith aborder ce sujet, et j'étais maintenant tout à fait réveillé : cela m'intéressait. Pourquoi ne pas dire la vérité ? Pourquoi ne pas la contredire en lui disant franchement que je trouvais ridicule de penser ainsi à l'homosexualité comme à une maladie grave ? Et puis, pourquoi ne pas lui avouer tout le reste, tout ce que je pensais de Vaclav, désormais ?

Quand j'avais revu Vaclav, il m'avait fait la même impression que lors de cette fameuse nuit à New York, deux ans auparavant. La protection de son commandant, qui lui avait trouvé du travail immédiatement, m'en semblait une confirmation. De même ce mariage avec Anna, qui rassurait tant l'instinct maternel d'Edith. Combien d'homosexuels se marient pour se dissimuler ! Si Vaclav couchait avec son commandant, ce mariage pouvait être aussi une arme de défense et d'attaque, dans le double but de se faire respecter et de ne pas perdre sa protection. Les homosexuels invétérés aiment surtout les hommes qui ne sont pas complètement homosexuels, comme eux, et qui vont aussi avec des femmes. Peut-être en était-il exactement ainsi pour Vaclav. Il avait besoin de se sentir un homme véritable pour pouvoir le paraître, pour qu'on puisse le croire tel. Cela n'ôtait évidemment rien au fait qu'Anna lui plaisait d'une façon ou d'une autre, bien au contraire !

Pourquoi alors ne disais-je pas la vérité à Edith ? Par paresse de m'expliquer et d'affronter la perspective d'une discussion désagréable ? Pour ne pas gâcher une nuit lourde de fatigue, qui demandait repos et calme ?

Pourtant, si j'avais voulu être sincère, j'aurais sans doute dû contredire Edith. Et si j'avais eu assez de sagesse et de force j'aurais pu lui dire franchement ce que je pensais, le lendemain, ou même une semaine plus tard, quand Anna et Vaclav seraient repartis en Amérique. Quant à nous, nous restions en Italie jusqu'au mois de septembre : j'avais une foule de choses à régler. Cette fois j'étais décidé à retourner aux États-Unis et à y rester; puis, au terme des cinq ans prescrits par la loi concernant l'étranger qui épouse une Américaine, à prendre la nationalité. Mais la sincérité avec Edith ?

Au cours des onze mois qu'avait duré notre séparation, je pensais que, lorsque nous serions réunis, il me serait aussi indispensable d'être sincère avec Edith que de respirer pour vivre. Et maintenant, quelques heures seulement après nos noces, cette pensée n'existait plus dans mon cœur.

« We split it. » Je revoyais Anna, son regard noir et brillant dans la demi-obscurité, devant la vieille femme de la Croix-Blanche. Anna que je savais là, dans une chambre voisine, couchée avec Vaclav. Anna que j'avais regardée toute la soirée, assise en face de moi à la trattoria, et qu'il me plaisait aussi de voir manger. Je n'étais pas sincère tandis que je serrais Edith contre moi dans le lit de cet hôtel vénitien. Une autre vérité emplissait l'obscurité et le silence nocturnes, montait, croissait, m'oppressait. Oh ! notre position particulière pour dormir enlacés pouvait être si facilement transformée !

Quand enfin, après m'être retourné sur le dos, je rouvris les yeux, je vis osciller sur le plafond bas les écailles inquiètes et lumineuses réfléchies par le Grand Canal. Ç'aurait pu être la félicité suprême, et je ressentais au contraire une tristesse, une amertume telles que je n'en avais jamais connu. Cette nuit-là, pour la première fois, j'avais menti en faisant l'amour.

Rien d'autre ne se produisit à Venise, jusqu'au dernier jour. Mais si je n'avais pas été sincère avec Edith, aujourd'hui, hélas ! il ne m'en coûte guère de l'être avec moi-même : j'avoue que durant toute cette semaine-là j'entretins volontairement l'anxieux désir de revoir Anna – ne fût-ce que pour un instant, et pas seulement de m'en souvenir – au moment où ses belles lèvres s'étaient ouvertes comme sur un baiser doublement traître à l'amour et à l'amitié : « We split it. » J'y pensais sans arrêt. *To split* veut dire partager, diviser en deux parts égales. Mensonge sarcastique et infernal ! En n'ayant pas partagé l'addition, nous partagions par là même un secret : je payais l'addition, mais des lèvres elle me promettait de me rembourser un jour ou l'autre, d'une autre façon. J'avoue pourtant que je n'avais aucune envie de hâter l'avènement de ce jour : au contraire, sachant qu'il devait arriver, je désirais simplement le retarder, espérant que, peut-être, avec le temps, avec les années, il n'arriverait jamais, ou trop tard, quand Anna ne m'intéresserait plus en rien. Éventualité qui me semblait alors impossible, mais que je ne pouvais pas exclure à long terme. En septembre, à notre arrivée en Amérique, Edith et moi irions directement en Californie, tandis qu'Anna demeurerait dans l'Est. À son retour d'Italie, dans quelques jours, elle irait reprendre son emploi à Hartford. Nous vivrions ainsi séparés par quatre mille miles de distance, moi en Californie, elle dans l'Est. Mais je savais que je ne pouvais exclure aucune éventualité. En attendant...

En attendant, je me contredisais. La semaine de notre séjour à Venise s'écoulait, et je ne résistais pas à la tentation d'imaginer, dans les moindres détails, de quelle façon pourrait arriver ce que je souhaitais tant.

Un soir, après le dîner, nous étions assis tous les quatre à une petite table du Florian : crèmes glacées, musique, touristes étrangers ou italiens tous agglutinés autour de centaines de petites tables autour de nous. Soudain, Edith s'aperçoit qu'Anna regarde avec insistance d'un certain côté :

– Qu'est-ce qu'il y a ? Tu as vu quelqu'un que tu connais ?

– Oui, répond Anna avec une grimace.

Et d'un geste nerveux elle déplace brusquement sa chaise, comme pour tourner le dos à la personne qu'elle vient d'apercevoir.

– Qui est-ce ?

– Breezy.

– En voilà un nom ! Qui est Breezy ?

– Un chorégraphe. J'ai travaillé avec lui pendant deux ans. Tout le monde l'appelle comme ça pour lui faire plaisir. Il dit que c'est comme ça qu'on l'appelait dans sa jeunesse, parce que quand il dansait il était plus léger qu'une brise, qu'un zéphyr, soi-disant. Mais son vrai nom est Henry Harrington, et c'est le type le plus dur, le plus égoïste et le plus méchant que je connaisse. C'est même à cause de lui que j'en ai eu marre du music-hall. Tout le monde était d'accord sur le fait que je savais chanter. Mais lui soutenait que je ne savais pas bouger en scène, que j'étais lourde. Et comme je te l'ai dit cent fois, je plaisais beaucoup à Dick, il pouvait m'aider, il me l'avait promis. Il l'aurait certainement fait. Mais ce salaud de Breezy était amoureux de lui; il me haïssait, il était jaloux, il croyait que je voulais le lui prendre. Ce qui fait que ça a fini comme ça devait finir. Je n'ai pas eu de chance. Même maintenant, avec tout le monde qu'il y a à Venise, je rencontre quelqu'un que je connais, et il faut que ce soit lui... Mauvais signe.

– Excellent au contraire, dit Vaclav en riant et en versant son whisky dans sa glace. Parce que maintenant je suis là pour te porter chance.

– Bravo, Vaclav ! C'est pour ça que je t'ai épousé !

Mais Edith lui dit gravement :

– Pourquoi le regardais-tu avec une telle insistance, s'il t'a fait du mal ?

– Oh, je ne sais pas... Au début je n'étais pas sûre que ce soit lui. Il a engraissé comme un porc. Et puis, qui sait... Peut-être qu'il m'a rappelé le bon temps.

Edith l'interrompit affectueusement :

– Anna, tu es folle !

– Lui n'y est pour rien, mais il y eut aussi de bons moments.

Peu après, ledit Breezy se précipite soudain vers nous, ouvre tout grands les bras, et s'exclame joyeusement :

– Anna ! Toi ici ! C'est merveilleux !

Et il l'embrasse à n'en plus finir. Anna accuse le coup, et nous présente rapidement.

– Que dis-tu ? Ton mari ! Mais c'est merveilleux ! Je ne savais pas ! Il s'appelle comment, tu dis ?... Vaclav ! Venceslas ! Saint Venceslas ! Prague ! Formidable ! C'est formidable tout ça.

Venise, te rencontrer là, et avec ton mari ! Tous mes compliments, Anna, tous mes compliments !

Sa personne avait quelque chose de répugnant. Les traits et le corps d'un maigre qui avait mal grossi. De taille moyenne, blondasse, un front noueux et pelé. Son visage glabre, asymétrique, semblait porter la marque d'une puberté arrêtée en pleine croissance. Il riait d'un rire insolent, offensant. Jusqu'à son habillement artificiel – tricot orange, foulard vert, jeans blancs – qui avait quelque chose de choquant.

– Je vous laisse, mes chéris ! Vous êtes où ? Au Monaco ? Moi je suis au Danieli. Je vous laisse, il faut que j'aille dormir, je dois prendre l'avion pour Londres demain matin très tôt. J'ai un grand show là-bas, il faut que j'aille m'en occuper…, conclut-il.

Il se pencha vers Anna, sur un ton perfidement débonnaire et confidentiel; comme s'il s'adressait à quelqu'un du métier, alors qu'il savait que la carrière d'Anna était finie depuis déjà un bon moment.

Heureusement qu'il s'en allait, j'avais peur qu'il ne s'assoie à notre table. Vaclav était resté debout, géant doux et dégingandé, à le dévisager d'un air franchement ironique. Breezy s'approcha de lui et le salua le dernier; il lui tenait la main :

– So long, Vaclav, je suis content d'avoir fait ta connaissance. Je pense qu'on se reverra. Vous vivez en Italie ?… Ah non ! Vous êtes en voyage de noces. Vous habitez où ?… Ah ! en Amérique. Et où ?… Ah ! à New York. Magnifique ! Je serai là-bas tout l'hiver, au Metropolitan ! Viens me voir ! Et toi aussi, Anna, bien entendu !

– Une autre fois, merci ! dit vivement Vaclav, je crois que ce ne sera pas possible, cet hiver Anna et moi nous irons au Japon !

– Tous mes vœux !

Dès que Breezy se fut éloigné, Vaclav se tourna vers moi :

– J'ai dit le Japon parce que c'est vrai, il est possible que je doive aller au Japon. Mais je l'ai dit aussi pour Anna, parce que je ne veux pas qu'il croie qu'elle a encore besoin de lui.

– Depuis deux ans il est devenu célèbre dans le monde entier, nous explique Anna, sombre et rageuse. Il a fait un fameux bond en avant depuis qu'il a lâché la revue. Il est célèbre dans le monde entier et bourré de dollars. Il a des maisons en Floride et aux Bahamas !

– Il pourrait crever d'un seul coup cette nuit, dit Edith.

Et Vaclav de surenchérir :

– Non, après-demain matin.

Je demande :

– Pourquoi justement après-demain ?

– Parce que s'il crève ailleurs qu'à Venise, nous n'en saurons rien. J'aimerais autant.

– Moi, je m'en fiche qu'il crève, répond alors Anna, ça me ferait simplement plaisir d'hériter de quelques-uns de ses millions. Et comme ça ne risque pas d'arriver, qu'est-ce que vous voulez que ça me fasse ?

– Moi, je voudrais quand même qu'il crève, là, tout de suite, répéta Edith.

Mais je savais que ses paroles n'avaient aucune signification : comme tant d'autres de ses réflexions, qui pouvaient sembler brutales ou vulgaires, ce n'étaient que de simples accès d'impatience. Dans ce cas précis, elles confirmaient simplement qu'Edith avait pour Anna beaucoup d'affection et qu'elle ne pardonnait pas à Breezy de l'avoir persécutée – tandis que les paroles d'Anna révélaient irrésistiblement un amour désespéré de l'argent.

J'avais donc étudié attentivement la topographie du rez-de-chaussée et des entresols de l'hôtel Monaco : un curieux labyrinthe d'une architecture presque navale, parfaitement irrégulier, comme dans tous les vieux hôtels qui bordent la place Saint-Marc. Des bureaux exigus, de petites salles obscures, des boiseries le long des murs, des fenêtres étroites et des plafonds bas qui reflétaient l'inquiet miroitement du soleil sur les eaux toujours en mouvement du Grand Canal à la pointe de la Dogana. Le bureau de la réception, où les clients viennent régler leur note, se trouvait sur un palier obscur. En montant quelques marches de l'escalier de bois ciré, on découvrait un second entresol, puis un palier tout aussi sombre, qui aboutissait au standard du téléphone. Sur le côté, à l'entrée d'un couloir, une cabine téléphonique pour les clients. Le standard était un véritable cagibi : la téléphoniste qui y était prisonnière laissait la porte ouverte en permanence pour avoir un peu d'air. Dans la cage d'escalier était installé, ou plutôt encastré sur toute la hauteur des six étages, un ascenseur à grilles dorées. Nos chambres se trouvaient au dernier étage. À plusieurs reprises, au lieu de prendre l'ascenseur avec Edith, je trouvai un prétexte quelconque pour monter ou descendre après elle, tout seul. J'étudiais la façon dont je pourrais reproduire la scène en aparté de la Croix-Blanche avec Anna. Le cœur battant, parce que la téléphoniste me voyait, je fis quelques essais. Je découvris qu'en m'enfermant dans la cabine téléphonique sans allumer la lumière il ne m'était pas difficile de voir sans être vu les gens qui passaient dans l'ascenseur vitré et illuminé. Comme je voulais, en secret, que ce soit moi qui paie la note pour nous quatre, je devais donc m'arranger pour me retrouver seul un moment avec Anna, comme l'autre fois. Y réussirais-je ?

Cela dépendait de la façon dont se combineraient une série de petites opérations imprévisibles, et de l'ordre chronologique dans lequel elles se dérouleraient : les valises, les porteurs, le pourboire à la femme de chambre, lequel de nous sera prêt le premier, lequel le dernier... J'avais en effet compris qu'il fallait que j'évite de payer l'addition le soir précédant notre départ, car, selon toute probabilité, il régnerait alors un ordre et un calme qui ne me permettraient pas d'avoir cet aparté avec Anna.

L'avion partait à midi de la Malpensa. Nous avions décidé de passer notre dernière soirée de façon romantique, sur la place Saint-Marc, *celebrating* en dégustant nos dernières glaces que nous arrosâmes plus ou moins de whisky. Le lendemain, tôt dans la matinée, Edith et moi accompagnerions Anna et Vaclav à l'aéroport. Nous devions y aller directement de Venise sans même entrer dans Milan. Pour aller à Piazzale Roma, plus question de gondole, bien sûr. Et quand le portier vint nous avertir que la vedette était à l'embarcadère, ce fut le moment d'agir.

Les choses se passèrent ainsi : Vaclav descendit le premier, tout seul; moi derrière, et aussitôt je le vis à la fenêtre du bar, à contre-jour : il prenait un dernier verre et regardait vers la Dogana. La grande boule dorée reflétait les premiers rayons du soleil. Je montai à l'entresol où se trouvait la réception, et je payai la note. Puis je m'enfermai dans la cabine téléphonique où je restai à attendre, dans une obscurité presque totale.

Un bref grondement, un déclic, l'ascenseur montait : il passa devant moi tout bringuebalant, dans le vacarme de ses vieux engrenages qui sans cesse cliquetaient, grinçaient, frottaient, à intervalles réguliers. Il s'arrêta : dans le silence soudain, des voix là-haut que je reconnus, leurs voix à toutes les deux. Ça y est ! L'ascenseur venait de se refermer lourdement. Maintenant il redescendait. Il descendit lentement, très lentement, en faisant pourtant du bruit. Finalement, à travers les volutes et les spirales dorées, elles apparurent toutes les deux serrées l'une contre l'autre, enfermées dans le scintillement des glaces.

J'attendis un bon moment, puis je descendis les rejoindre dans le hall.

J'avais mon idée. Mais à cet instant je sentis le courage me manquer.

– Anna, dis-je d'une voix forte et le plus rapidement que je pus, de sorte que mon agitation puisse passer pour de la hâte, Anna, si tu veux changer tes chèques de voyage, viens avec moi payer la note. À l'aéroport le change est toujours moins intéressant.

– Va ! lui dit Edith.

Anna me suivit dans l'escalier. Je passai devant la réception, puis devant le standard pour m'arrêter plus loin, dans le couloir, près de la cabine du téléphone, là où il faisait le plus sombre.

– Mais c'est là qu'on paie, dit Anna, qui s'était immobilisée devant la réception.

– Non, viens là, chuchotai-je.

Elle monta lentement.

Je savais que le seul moment dangereux tenait précisément à ces quelques secondes – si Edith, pour une raison quelconque, nous avait rejoints et surpris là, dans l'escalier –, aussi m'y étais-je préparé. Il me suffisait de lui dire que j'avais payé pour aller plus vite, et que maintenant j'allais encaisser les chèques de voyage en liquide : le caissier les aurait changés à Anna devant Edith. Puis, d'une façon ou d'une autre, j'aurais réussi à ne pas me faire rembourser par Anna. Mais en attendant, si Edith était survenue à ce moment précis, cela aurait été terrible. Pendant un instant, je désirai qu'Edith ne soit pas là, qu'elle soit loin, ou qu'elle n'existe pas. Et en même temps ce désir me remplit d'angoisse : malheur à moi si Edith n'existait pas, Edith était ma vie !

Dès qu'Anna fut près de moi, je la regardai droit dans les yeux et je lui dis que j'avais déjà payé.

– O.K. ! dit-elle.

– We split it, dis-je.

– O.K. ! répéta-t-elle, et elle m'effleura le front d'un baiser.

Je sentis son parfum lourd, doux, voluptueux. Je voulus l'attirer à moi. Elle m'échappa, descendit en courant vers la porte de la réception, qui était fermée.

– Que fais-tu ? murmurai-je en l'arrêtant d'un geste, mais que fais-tu ?

– Tu te conduis comme un gamin. Je vais quand même signer un ou deux chèques, j'ai besoin de liquide. Viens avec moi. Calme-toi. On ne peut pas redescendre tout de suite. Viens avec moi. Tu te conduis comme un gamin, mais tu as été très gentil.

Elle entra, posa sur le comptoir sa pochette en crocodile, prit son carnet de chèques, en signa deux. Je m'étais arrêté derrière elle. Je voyais ses hautes épaules si douces, sa nuque – une cavité lisse – et je devinais un duvet attirant sous le casque gonflé et ondulant de ses cheveux noirs. Je respirais de nouveau son parfum, et pour le moment, j'en oubliais tout le reste.

Le plafond du petit bureau de la réception était si bas que les cheveux d'Anna effleuraient à les toucher les écailles miroitantes réfléchies par le Grand Canal. On entendait, en bas, un clapotis agité, les gifles des gondoles arrimées à l'embarcadère.

9

Qu'on était jeunes encore ! Edith n'avait que vingt-trois ans et moi trente ! À cet âge-là, quand on fait des projets, même à court terme, on ne pense toujours qu'aux choses les plus urgentes. Nous avions tellement hâte d'arriver en Californie qu'après avoir dit au revoir à Vaclav et Anna à la Malpensa, nous étions passés au bureau de la TWA et avions réservé sans hésiter une place dans le vol Milan-New York du 27 août, c'est-à-dire avec trois mois d'avance sur nos projets initiaux. Nous devions prendre aussitôt après le vol New York-San Francisco, avec seulement deux heures d'attente à l'aéroport. Il n'était même pas venu à l'esprit d'Edith qu'elle voudrait revoir ses parents !

Naturellement, nous finîmes par changer d'avis. Nous sommes partis une semaine plus tôt et nous nous sommes arrêtés quelques jours à Willimantic, en passant la nuit dans un hôtel de Hartford, puis à New York. Il se trouvait qu'Anna ne travaillait pas ce jour-là, et elle était venue nous chercher à l'aéroport avec sa voiture. Le père et la mère d'Edith allaient bien. Vaclav n'était pas là : il était réellement au Japon avec son commandant. Et dire que pendant quelque temps Anna avait cru qu'ils l'emmèneraient avec eux ! Le commandant, sans vraiment s'engager, le lui avait laissé espérer. Mais Anna avait dû y renoncer, parce que sa boutique de Hartford refusait de lui accorder un nouveau congé. De sorte que le commandant avait pu faire bonne figure auprès d'elle à peu de frais. Peut-être sa demi-promesse n'était-elle pas sincère, peut-être

Vaclav lui avait-il fait comprendre qu'il n'était pas obligé de la tenir. C'était, du moins, ce que soutenait Anna. Edith, en la voyant si amère, l'invita à nous tenir compagnie à New York pendant deux jours, jusqu'au moment de notre départ pour San Francisco. Mais, en dépit de l'insistance d'Edith, Anna refusa à cause de son travail.

Pour la première fois, il me semblait deviner entre les deux grandes amies un désaccord naissant, inavoué, une certaine irritation visible. Mes finances et celles d'Edith n'étaient pas des plus brillantes, et Anna n'avait rien à nous envier de ce point de vue. Elle savait qu'Edith était venue en Italie avec toutes ses économies, et que je l'avais empêchée d'y toucher. Pourtant elle n'ignorait pas que maintenant, en Amérique, elle avait insisté pour payer elle-même les notes d'hôtel. En Italie, Edith avait écrit à Berkeley : elle avait déposé une demande d'inscription à des cours réguliers d'*accounting*; elle était décidée à passer son diplôme et à travailler. Bien que mon traitement suffît à nous faire vivre sinon largement, du moins d'une façon décente, Edith éprouvait un extrême besoin d'indépendance économique beaucoup plus par tempérament que sous l'influence d'une éducation commune à toutes les filles américaines. Il était curieux de toute façon qu'Anna se sente inférieure.

Le dernier soir, au bar de l'hôtel de Hartford – des meubles en faux chippendale, de profonds divans de skaï, des lumières rouges tamisées –, Edith était revenue à la charge pour qu'Anna nous accompagne à New York : qu'elle trouve une excuse à la boutique, qu'elle se fasse porter malade pour deux jours :

– Dis-le-lui, toi aussi, Edoardo ! Si elle nous accompagne en voiture et qu'elle paie l'essence, non seulement nous sommes quittes mais en plus elle nous rend service ! C'est tellement stupide de sa part de s'obstiner ainsi ! Dis-le-lui !

Je me tournai vers Anna : qu'aurais-je pu faire d'autre ? Moi aussi je désirais qu'elle vienne avec nous, mais peut-être le désirais-je trop. Je me bornai donc par nécessité à prononcer de tièdes généralités. Pourtant, je n'arrivais pas à soutenir son regard tout en lui parlant. Depuis que nous nous étions revus à l'aéroport, trois jours plus tôt, nous ne nous étions jamais trouvés seuls, Edith étant toujours avec nous. Jusque-là le regard d'Anna m'avait toujours paru gai, affectueux, amical, mais sans rien de plus. Au point que j'étais sûr de lui avoir rendu un regard tout aussi innocent, comme si instinctivement nous étions parvenus, l'un comme l'autre, à oublier, à effacer ce qui s'était passé à Oropa et à Venise. Or, en rencontrant ses yeux à ce moment-là, tandis que je lui parlais, je vis que notre pacte n'était pas dissous, mais qu'au contraire il était devenu sacré. Anna me fixait pendant que je parlais comme si, contradictoirement, sa décision de ne pas venir à New York était liée à notre pacte :

– Non merci, Edoardo, je ne peux pas, dit-elle enfin tranquillement.

Et Edith, qui ne se tenait pas pour battue, reprenait :

– Tu ne peux pas ? Tu ne veux pas, oui ! Dieu sait combien de temps nous allons rester sans nous voir ! Mais pourquoi tu ne veux pas ? Quelle idiote !

Autant les laisser s'arranger entre elles, pensai-je. Là-dessus je me lève, et je vais boire une bière au bar. J'y vais mécaniquement, sans m'apercevoir que de l'autre côté arrive une fille blonde, à moitié nue dans une robe voyante, qui va s'asseoir avant moi sur le seul tabouret libre. Mignonne et un peu soûle, elle m'offre aussitôt à boire. Je décline poliment l'invitation.

– Mais vous avez commandé une bière, laissez-moi vous l'offrir.

– Merci, mais je ne suis pas seul...

Et d'un léger mouvement de tête, je lui fais remarquer la présence d'Edith et d'Anna.

– Je sais, mais vous voyez bien qu'elles aussi sont deux !

Je ris à sa plaisanterie, je sors mon portefeuille pour payer ma bière, et j'appelle le barman. Il est occupé et me dit d'un ton agacé d'attendre mon tour. Je reste là, embarrassé. La blonde en profite pour se pencher en avant du haut de son tabouret : elle me prend le bras et me glisse en riant une plaisanterie de mauvais goût que je fais semblant de comprendre. Je me retourne, et du coin de l'œil je vois qu'Edith et Anna discutent avec animation. La blonde refuse de me lâcher le bras, et continue à m'abreuver d'un argot auquel je ne comprends quasiment rien. Enfin ma bière arrive, je paie, je détache mon bras de la main de la blonde, et je retourne avec ma chope de bière dans le coin chippendale. Je m'aperçois alors qu'Edith est furieuse contre Anna :

– Bon, ça va, j'ai compris, ce n'est pas la peine ! Si tu crois que je vais insister comme ça longtemps, tu te trompes ! (Anna ne répond pas, elle la regarde en souriant, calmement. Edith hausse le ton :) Reste avec ta foutue boutique. Pour une fois que je te demande quelque chose ! Et si tu te crois intéressante, tu te trompes encore plus. Va-t'en au diable !

J'ai repris ma place sur le divan défoncé, et posé ma bière sur la petite table basse. Mais Edith, comme à un signal, se lève d'un bond :

– J'en ai marre de cette histoire ! crie-t-elle. Je suis fatiguée et je vais me coucher. Bonne nuit à tous les deux !

– Good night, Edith, thank you, répond Anna doucement.

Je suis pétrifié. Edith a disparu. Je demande à Anna ce qui se passe.

– Rien. C'est drôle que tu ne comprennes pas. Mais je la connais beaucoup mieux que toi. Rien d'elle ne m'échappe. Il se passe qu'elle est jalouse.

– Jalouse ? Jalouse de qui ?

– De toi. Parce qu'elle t'a vu parler à cette blonde.

– Mais vous n'avez pas vu qu'elle était soûle ?

– Si, mais toi tu restais, tu ne la lâchais plus.

– J'attendais ma bière.

– Oui, mais ça, on s'en fiche. D'ici on aurait dit que ça t'intéressait.

– Je crois plutôt qu'elle est en colère contre toi. Depuis ce matin, elle te demande de venir avec nous à New York.

– Oui, elle regrette que je ne vienne pas, parce qu'elle m'aime beaucoup et que maintenant on ne va plus se voir. Mais elle ne s'est mise en colère que quand elle a vu que tu parlais à cette blonde. Elle est jalouse, très jalouse, elle ne veut absolument pas l'avouer, et surtout pas à elle-même. C'est surtout contre elle qu'elle est furieuse quand elle se rend compte qu'elle est jalouse. Elle est terriblement orgueilleuse. Elle a toujours été comme ça, même quand nous étions petites filles. Quand quelque chose n'allait pas avec un de ses petits amis, au lieu de se disputer avec lui elle s'en prenait à moi. Elle m'insultait : parfois même elle me battait. Moi, je comprenais, et je la laissais faire. Va, dépêche-toi, sinon Dieu sait ce qu'elle va penser.

– De nous deux ?

Je pose la question sans comprendre, ou peut-être en croyant, à tort cette fois, comprendre autre chose dans son regard.

– Non, je t'en prie, que dis-tu ? De nous deux, jamais. De celle-là... (Et elle fait un geste en direction du bar.) Rejoins Edith tout de suite, et tâche de filer doux...

– J'y vais, mais... on ne se dit même pas au revoir ?

– Non, je serai demain matin à l'autobus.

– Mais il part à cinq heures !

– Puisque je te dis que j'y serai ! Attention ! Ne le dis pas à Edith, que je viens à l'autobus. Gare à toi si tu le lui dis, tu ficherais tout par terre. File !

Je fis un geste pour prendre ma bière, à laquelle je n'avais pas touché. Elle arrêta ma main :

– Celle-là, elle est pour moi. Maintenant file, ne la fais pas attendre.

Je n'oublierais plus jamais sa main lisse et tiède, et sa douce pression sur la mienne : mais à ce moment-là c'était le désir de revoir tout de suite Edith qui était le plus fort.

Il faisait encore nuit quand Anna, ponctuelle, apparut à l'arrêt d'autobus. Les deux amies s'étreignirent en riant, comme si rien ne s'était passé. Anna avait raison, je connaissais encore bien mal Edith. Le soir même nous étions à Berkeley, dans le modeste appartement que le secrétariat du Department of Italian avait loué à notre nom.

Berkeley, les deux premières années. Nous n'avions qu'une voiture pour deux, une Mustang. Quelques excursions à San Francisco, en général le vendredi ou le samedi soir, quelques promenades à bicyclette sur les collines boisées qui bordent la baie; et une fois, en car, une excursion en groupe à Los Angeles. Autrement, nous avons vécu durant deux ans sans jamais sortir du campus ou du voisinage immédiat de l'endroit où nous habitions, nous y déplaçant presque toujours à pied.

J'ai travaillé comme un fou, et pas seulement pour mes cours à l'Université. J'étudiais et j'écrivais pour moi, on publiait mes textes. Peu à peu, sans m'en apercevoir, je m'étais habitué à penser en anglais, et j'avais également appris à l'écrire directement, en faisant de moins en moins de fautes. L'année suivante, en 64, un petit coup de chance : je devins le collaborateur régulier d'un hebdomadaire de critique littéraire pour lequel je travaille encore aujourd'hui : j'envoyais à New York des articles qui m'ont tout de suite été très bien payés et qui complétaient de façon substantielle mon traitement – au début assez maigre – de professeur à l'Université. Je devenais rapidement américain en tout. Une seule exception : j'étais incapable de faire la cuisine. Pour être franc, je ne voulais pas la faire, quelque chose en moi s'y refusait. Heureusement, Edith était très bonne cuisinière; elle avait appris avec sa mère, et elle me préparait tous les plats tchèques des déjeuners dominicaux de Willimantic dont j'avais gardé le souvenir : des knedliky, du canard rôti, du sauerkraut, du szegedin, du goulash, des choux farcis, des klobasy avec des pommes de terre, du debrecinky, des jatrnice, et ces délicieux palacinky avec des confitures de toutes sortes. Pendant ce temps, elle étudiait elle aussi : *accounting*, comptabilité. Elle étudiait sans cesse, avec rage, révisant chaque jour en vue des examens qu'elle voulait passer en septembre 1965. Avec ce diplôme, elle était sûre de trouver tout de suite du travail. Nous voulions tous les deux un enfant, mais elle était fermement décidée à « faire attention » jusqu'à l'obtention de son diplôme. Je l'admirais pour cette force de volonté que je n'avais jamais soupçonnée chez elle, toujours si impatiente. Un soir je lui dis, en matière de plaisanterie, qu'elle portait peut-être un peu de sang allemand en elle : elle m'a jeté à la tête une boîte de bière, me blessant légèrement. Je compris aussitôt que c'était ma faute, que j'avais mal choisi mon moment : en dépit de son antigermanisme, dû à ses origines tchèques, ma plaisanterie ne l'avait pas offensée. Agacée tout au plus. Elle était en train d'étudier en fumant sans arrêt comme d'habitude, j'avais faim et je voulais qu'elle laisse tout pour venir à table. Son agacement s'était transformé en indignation, en révolte contre l'existence tout entière uniquement parce que nos deux rythmes de vie, nos deux emplois du temps ne coïncidaient pas ! En somme, elle n'avait pas changé : elle était toujours la même qu'à Willimantic et à Storrs, que chez Virginia Cleaners et Cole's. Certes, elle croyait avoir changé. Elle avait maintenant un but suprême : décrocher son diplôme. Et elle s'imaginait avoir ainsi canalisé dans les études toute l'énergie dont elle se sentait capable. Mais sa vitalité restait intacte, irrépressible : elle s'était même renforcée depuis qu'elle avait commencé ces études. Toujours les mêmes explosions, toujours la même violence : et l'orgueil, la pudeur ombrageuse, la jalousie jamais avouée. Nous nous disputions presque tous les jours, pour une raison ou pour une autre, futile en général, ou simplement due à la nervosité. Et les pires disputes commençaient toujours à table, quand au moment où je m'y attendais le moins j'éprouvais la même irritation qu'à Willimantic en l'entendant manger.

Peut-être était-ce même la cause unique de nos disputes. Si elle avait éprouvé un agacement semblable en m'entendant manger, elle me l'aurait dit avec une brutale sincérité, ou même crié. C'est pourquoi ce qui l'indisposait et finissait par la mettre en rage, c'était au fond mon sens de la diplomatie. Elle ne le comprenait pas, car elle avait une confiance absolue dans l'infaillibilité de son instinct : si elle avait souffert autant que je souffrais, moi, en l'entendant manger sa soupe ou croquer du céleri, elle me l'aurait dit aussitôt. Elle devait donc penser que si je ne m'en plaignais pas à elle ouvertement, eh bien, c'était que je ne l'aimais pas assez. Cela voulait dire que mon irritation non avouée prouvait en fait une antipathie profonde et inconsciente pour sa personne tout entière; que je me sentais en faute, que j'étais en faute, et que c'était précisément pour cela que je me taisais, très diplomatiquement.

Était-ce vrai ? Ou du moins en partie vrai ?

Une fois, alors que nous étions en villégiature dans un petit village du Piémont – j'étais tout petit alors –, un vieux prêtre – Don Gonella – fut notre hôte pendant une semaine. À chaque repas, mes parents ne cessaient d'échanger entre eux des coups d'œil horrifiés...

Voilà, c'est peut-être tout simplement de cela qu'il s'agissait : d'un reliquat de ma bonne éducation bourgeoise. Si, après cela, oubliant les dures leçons que mes parents m'avaient déjà données à cet égard, je me mettais à manger ma soupe avec bruit, ils me disaient à voix basse : Eddy (on m'appelait Eddy quand j'étais petit), ne fais pas ton Don Gonella !

Un restant de bourgeoisie ? C'est ce que je pensais à l'époque de Berkeley. Aujourd'hui, en fait, j'en suis peu à peu arrivé à soupçonner douloureusement que la tristesse instinctive d'Edith renfermait quelque chose de plus. Si je l'avais aimée autant qu'elle m'aimait, j'aurais non seulement dû lui parler, mais encore lui raconter l'histoire de Don Gonella, et l'éduquer en conséquence, comme mes parents l'avaient fait pour moi.

Peut-être pas ? Certainement pas. La question ne se posait pas ainsi. La vérité était plus compliquée encore. Parce qu'en fait Edith, naturellement très bien élevée, ne faisait jamais de bruit en mangeant. Il s'agissait de cette sonorité involontaire, continue et imperceptible, dont nul ne peut se rendre compte quand il mange, mais qu'il peut percevoir, s'il y prête attention, chez tout individu auprès de qui il mange.

Je l'aimais, oui, je l'aimais, et je l'aime encore : très fort, mais pas assez, pas tout entière. Peut-être faisais-je des distinctions en elle.

À Berkeley, donc, nous nous disputions comme par le passé, et peut-être plus encore. Il m'arrivait presque chaque jour ou chaque nuit d'aller prendre l'air, de sortir de la maison, de faire quelques pas dans les petites rues solitaires qui bordent le campus. Je soupirais, grognais, jurais : j'étais fatigué de cette vie absurde, je souhaitais qu'il arrive quelque chose, n'importe quoi, qui rende inévitable notre séparation, qui amène une brusque rupture. C'était peut-être ce qui alarmait précisément Edith : que je ne me plaigne pas, que je me taise et que je me complaise à garder pour moi une irritation que j'entretenais sciemment, avec l'espoir qu'elle m'aiderait à me détacher d'Edith.

Je me calmais toujours très vite pourtant, et elle se calmait aussi, bien qu'un peu moins vite : quelques heures de bouderie suffisaient à guérir son orgueil blessé, à la convaincre de l'inconsistance de ses griefs.

Les lettres d'Anna arrivaient à des intervalles plus longs et moins réguliers qu'à l'époque de sa tournée en Amérique du Sud : elle écrivait de Willimantic, où elle vivait toujours chez sa mère, et parfois de Hartford, où elle continuait à travailler dans la même boutique. Edith était complètement prise par ses études, et à la différence d'Anna n'aimait guère écrire. Aussi lui répondait-elle parfois par téléphone : maintenant nous commencions à avoir les moyens de nous permettre cette dépense. De temps à autre, elle téléphonait aussi à ses parents, en dehors des fêtes et des grandes occasions. Les deux vieux allaient bien. Les nouvelles étaient moins bonnes en ce qui concernait Vaclav. Il semblait que le projet de faire venir Anna à New York, que Vaclav présentait comme certain la première année, avait fini par tomber à l'eau. Ils continuaient à vivre séparément. Le séjour de Vaclav au Japon avait duré beaucoup plus longtemps que prévu, et depuis quelque temps il n'allait plus régulièrement à Willimantic chaque weekend. Il avait commencé par en sauter quelques-uns, puis, sous un prétexte quelconque, jusqu'à trois ou quatre de suite.

Enfin, vers mars ou février 65 arriva une longue lettre d'Anna où elle disait qu'elle avait pris une décision : elle s'était rendue à New York sans l'avertir, et avait tout découvert. Vaclav avait toujours dit qu'il dormait au dernier étage de l'immeuble où se trouvait le bureau d'import-export, dans un appartement composé de trois petites pièces : une pour lui, et deux autres occupées par des veilleurs de nuit noirs. Il dormait en fait dans une très belle chambre, chez son commandant.

Vaclav avait juré qu'il avait déménagé juste quelques jours avant qu'Anna ne fasse irruption. Il en avait presque donné la preuve. Son commandant lui avait toujours promis de lui procurer un logement à New York, afin qu'il puisse faire venir Anna avec lui; ou encore d'augmenter son salaire, pour lui permettre, toujours dans le même but, d'en louer un. Voyant que son commandant ne se décidait toujours pas, Vaclav l'avait menacé de démissionner. Alors le commandant, pour le faire patienter encore, l'avait hébergé chez lui. Et Vaclav n'avait accepté que parce qu'il savait que son commandant ne pouvait pas trop longtemps lui prêter cette chambre : elle lui servait de chambre d'ami, et il en arrivait toujours un ou deux d'un coin ou l'autre du monde.

N'ayant pas cru un mot de toute cette histoire, Anna s'était violemment disputée avec Vaclav et était retournée à Willimantic. Cependant, comme elle cherchait du travail à New York depuis un certain temps déjà, et que malgré tout elle croyait encore un peu à la bonne foi de Vaclav, elle lui avait posé un ultimatum : elle ne voulait pas du tout vivre à ses crochets, mais c'était vraiment trop difficile pour elle de trouver du travail à New York sans être sur place, donc, si au cours de l'année Vaclav ne se donnait pas les moyens de la prendre avec lui, elle demanderait le divorce.

Cette lettre d'Anna, Edith me l'avait tendue tristement :

— Tôt ou tard ça devait finir comme ça ! J'aurais été étonnée que les choses se passent autrement.

Et moi, la lisant à mon tour :

— Mais toi, à Venise, tu étais persuadée du contraire. Tu étais contente qu'ils se soient mariés...

— Oh ! ils étaient mariés depuis un mois. Peut-être que j'espérais encore. Ça fait tellement longtemps... Et puis, au fond, même à ce moment-là je n'étais sûre de rien. C'est pour ça justement que je te disais que j'étais contente : parce que j'avais peur que Vaclav soit... soit ce qu'il est. Avec toi c'était un test : je ne croyais pas à ce que je disais, mais je voulais voir si toi au moins tu y croyais.

– Et moi, en effet, j'y ai cru.

– Oui, en t'endormant ! dit-elle en riant. Je me souviens de tout, tu sais ? Que veux-tu, j'ai une mémoire d'éléphant, moi.

Fin juin arriva un télégramme pour moi : ma mère était sérieusement malade depuis déjà quelque temps, et c'était bientôt la fin. Nous prîmes le premier avion via Londres, par le couloir aérien qu'on appelle « polaire », parce que c'était plus rapide.

Ma mère mourut quatre jours après notre arrivée. Elle ne parlait plus, mais elle me reconnaissait et elle me serrait désespérément la main. Un peu plus tard, elle reconnut aussi Edith, et, dans une grimace douloureuse qui tordit son visage gonflé, elle tenta alors de lui sourire pour lui faire comprendre qu'elle l'avait reconnue.

Quand on y repense, rien n'est plus triste et plus honteux que la pusillanimité des sentiments qui nous font affronter l'agonie d'une personne chère : nous y allons en souhaitant que tout finisse le plus vite possible, et nous espérons par notre présence abréger les souffrances de cet être cher. Malheureusement, la vérité est tout autre. C'est à nous-mêmes que nous voulons épargner la douleur, et d'ailleurs nous ne souffrons pas : nous nous ennuyons tout en faisant semblant de souffrir. Edith ne faisait pas semblant. Elle se rendit aussitôt utile en s'acquittant de toutes ces petites tâches – et même les plus désagréables – qu'on confie toujours à des étrangers sauf lorsque la personne malade vous est chère. Edith et ma mère n'avaient passé que quelques mois ensemble, mais elles s'étaient aimées tout de suite, dès leur première rencontre.

Une fois passé ces quatre jours, qui me donnent aujourd'hui la mesure de la générosité d'Edith et celle de mon égoïsme, je dus m'acquitter de certaines obligations auxquelles je n'avais pas songé, même si je n'ignorais pas qu'il me faudrait les assumer un jour ou l'autre. Ma famille la plus proche, que ce soit celle de Milan, de Turin, de Novare ou de Vercelli, était composée de cousins aux second et troisième degrés – que ma mère elle-même ne voyait que rarement –, il n'y eut pour m'aider, à part Edith, que le vieux colonel Spingardi et une jeune femme, amie de ma mère, qui avait pour celle-ci beaucoup d'affection. Il fallait procéder, sans trop de formalités, à l'inventaire des livres, des papiers de famille, de l'argenterie, des tableaux, des bibelots, bref de tout ce qui avait quelque valeur et que ma mère, durant mon premier séjour en Amérique, avait réussi à ne pas vendre. Il fallait aussi faire une liste sommaire de tout ce que je voulais me faire expédier en Californie. Quant au reste, le distribuer en cadeau, le vendre ou le détruire. Une bonne semaine se passa ainsi. Un autre problème se posait : la vente de l'appartement. Ma décision de vivre aux États-Unis et de devenir *citoyen* américain étant irrévocable, je me trouvais maintenant confronté à une série de démarches bureaucratiques et de formalités notariales qui rendraient nécessaire ma présence à Milan pour une assez longue période. Et ce, bien que je les aie entamées tout de suite. Beaucoup de bureaux sont fermés en juillet et août. D'autre part, Edith voulait retourner à Berkeley : ses deux derniers mois d'études étaient les plus importants si elle voulait réussir ses examens et obtenir son diplôme d'ici septembre. Or, je ne pourrais vraisemblablement pas consolider l'usufruit, payer la taxe d'enregistrement et liquider l'emprunt avant précisément le mois de septembre. Une seule solution : je laissais à un avocat de mes amis toutes les procurations nécessaires. Je le chargeai également de vendre l'appartement à un bon prix, et de signer l'acte de compromis qui précéderait le contrat définitif de vente. Et nous repartîmes pour la Californie, toujours par la route polaire. En septembre, au moment des examens d'Edith, je reviendrais seul à Milan, et en quelques jours liquiderais tout cela définitivement. Et voilà, pour une fois, les choses ont marché comme prévu. En général, on pense que c'est bon signe, mais la chance n'y est pour rien : ce n'est pas l'important, et ce qui l'est nous nous le dissimulons à nous-mêmes.

Début septembre j'étais à Milan, et j'avais déjà fixé au lundi 27 la date de mon retour en Amérique. Étant donné la saison, on ne pouvait plus emprunter la route polaire, et je devais obligatoirement transiter par New York. Le notaire et mon avocat m'avaient garanti que dans le pire des cas, c'est-à-dire si la bureaucratie italienne se montrait encore plus lente que d'habitude, je pouvais me considérer comme certain de partir le 27. Longtemps à l'avance j'envoyai un télégramme à Edith pour la prévenir que j'arriverais à San Francisco le 27 au soir, en lui donnant le numéro du vol. Elle avait encore un ou deux examens à passer, mais ce soir-là elle pourrait venir me chercher à l'aéroport; peut-être même connaîtrait-elle déjà le résultat de ses examens. Il se produisit quelque chose d'extraordinaire. L'Italie est comme ça. Tout fut réglé avec une semaine d'avance, le lundi 20, à quatre heures de l'après-midi. Je pouvais donc partir le 21, dès l'instant où j'aurais trouvé une place dans l'avion ! Mon cœur battait. Je tiendrais peut-être Edith dans mes bras le lendemain !

Je retournai à l'hôtel et j'appelai la TWA de ma chambre. Ils ne pouvaient pas me donner de réponse tout de suite, ils allaient contrôler et me rappelleraient. Plein d'espoir, je sortis du tiroir de la petite table, où était posé le téléphone, une formule de télégramme, et j'en écrivis un autre à Edith. Je lui disais que j'arriverais le 21 au lieu du 27, et qu'elle reste à la maison si elle ne pouvait pas venir à l'aéroport.

J'attendais d'un moment à l'autre que la TWA me rappelle. En attendant que le téléphone se décide à sonner, je corrigeai mon télégramme, j'en changeai quelques mots, et je le recopiai à la machine. Dès que j'aurais la confirmation, je courrais l'expédier à la poste de *l'Italcable*, qui ne se trouvait qu'à deux pas de l'hôtel. Il valait mieux ne pas le téléphoner, il était en anglais.

Enfin une sonnerie. Ils étaient désolés, ils ne pouvaient rien me dire encore, mais ils me rappelleraient pour me donner une réponse définitive vers sept heures, pas avant. Je demandai qu'on laisse un message au portier si je n'étais pas à l'hôtel, et s'il y avait une place qu'on me la retienne de toute façon, puisque j'avais déjà mon billet. Je pliai ma formule de télégramme, je la mis dans ma poche et, pour calmer l'agitation où me mettait cette incertitude, je fis rapidement mes valises : je voulais être prêt, de toute façon, et je le fus au bout de dix minutes. Je sortis, et j'allai jusqu'à la Piazza del Duomo. Je regardais ma montre à tout bout de champ : elle me paraissait tourner au ralenti. Je pris par le Corso. Je contemplais les magasins, les *boutiques*, en me demandant quel cadeau je pourrais bien faire à Edith. Qu'est-ce qui pourrait lui plaire ? Du parfum, un foulard, un manteau, une belle pochette ? Elle n'aimait rien des choses qui plaisent habituellement aux femmes. Deux ans de mariage ne l'avaient pas changée sur ce point, pas plus que sur le reste. Ses goûts étaient restés simples, modestes, et curieusement enfantins.

Mais c'était la première fois de ma vie que je

disposais d'un peu d'argent sans devoir trop regarder à la façon dont je le dépenserais. J'avais vendu l'appartement et encaissé en dollars une somme absolument inespérée. Je savais déjà quel usage j'en ferais. Cette somme constituait une importante avance d'argent qui me permettrait de financer l'achat d'une petite maison sur la colline de Berkeley, dans le quartier de Spruce. Un endroit merveilleux, couvert de petits bois et de jardins toujours en fleurs. De là-haut, surplombant la baie, on avait une vue parfaite, un panorama immense : Bay Bridge, les gratte-ciel blancs de San Francisco, le mont Tamalpaïs... Quand nous faisions des promenades avec Edith, le jour à bicyclette et la nuit à pied, nous finissions toujours par nous arrêter à Spruce. La nuit, nous regardions, fascinés, les myriades de lointaines lumières de la baie, répliques des constellations du ciel, tout aussi humaines pour moi mais qui ne fascinaient que moi : Edith ne voulait jamais les regarder, elle ne voulait pas que je lui apprenne à les reconnaître. Seules les lumières de la terre l'intéressaient.

Une maison à Spruce ! Mais cette fois encore je ne voulais pas *to raise her hopes*, lui donner un espoir que je risquais de décevoir. Je ne lui avais jamais dit que j'arriverais peut-être à vendre l'appartement de Milan à un prix qui nous permette d'acheter une maison à Spruce. Pour la même raison, j'avais simplement fait allusion à la possibilité que le Department, en me confirmant dans mon poste pour les années suivantes avant la fin de 65, me nomme en même temps *full professor*, c'est-à-dire professeur titulaire. Nomination qui impliquait automatiquement que je gagnerais le triple de mon traitement actuel. Je ne lui avais pas dit que la chose semblait pratiquement faite. Je trouverais peut-être cette heureuse nouvelle en arrivant. Que de surprises j'avais pour elle ! Mais en attendant, que pouvais-je bien lui offrir ?

Une fois de plus je regardai ma montre : j'avais encore du temps devant moi. Parvenu à San Babila, je retournai sur mes pas depuis Montenapoleone. D'autres boutiques, encore plus luxueuses. Dans la vitrine d'un bijoutier, je vis un bracelet un peu massif mais pourtant très joli : des aigues-marines montées sur platine, me sembla-t-il. Il paraissait fait pour Edith. Mais son prix ? Certes, c'eût été folie de l'acheter. Je me souvins de ce que m'avait dit un ami, un jour, dans cette même rue Montenapoleone, devant la vitrine d'une autre bijouterie très célèbre, disparue depuis. Nous étions tous deux étudiants en lettres. Je n'avais pas un sou en poche, et, sans que j'aie jamais compris pourquoi, les bijoux me fascinaient. Mon ami, père rosminien, était prêtre, et il étudiait la littérature latine. Quoique sans préjugés, spirituel, très moderne, il professait au fond des idées jansénistes. Il s'appelait Biagioni, Don Biagioni.

— Sais-tu ce que sont toutes ces pierres, tous ces bijoux que les riches croient donner à leur petite femme ? me demanda-t-il, interrompant ma silencieuse contemplation.

Je me retournai, et je vis qu'il me fixait d'un air rusé et méprisant. Il riait.

— Pourquoi *croient* donner ? dis-je. Parfois ils le font !

— Jamais, ou presque jamais. *Namque non dominae tuae sed tuae ipsae obtulisti mentulae coronas* : ce n'est pas à ta maîtresse mais à ta propre bite que tu as offert des guirlandes votives.

Certes, il y avait du vrai dans les paroles de Don Biagioni. Mais ce désir très naturel d'offrir quelque chose de coûteux à quelqu'un qu'on aime n'est pas toujours ou n'est pas seulement un substitut d'ordre sexuel. C'est ce que je me disais devant cette vitrine, sans parvenir à détacher mes yeux de ces belles pierres couleur pervenche.

Mais non, c'était absurde. Je ne pouvais pas, il ne fallait pas. Et même s'il lui plaisait, qu'en ferait-elle, Edith, de ce bracelet ? Une folie, qu'elle ne me pardonnerait pas. J'entrai pourtant. J'entrai pour voir le bracelet de près, pour le tenir dans mes mains. Par curiosité aussi, pour savoir son prix.

Il était si élevé que je poussai un soupir de soulagement; pourtant, en y réfléchissant et en regardant mieux les pierres, je m'en étonnai :

— Comment se fait-il que des aigues-marines soient aussi chères ?

— Mais que dites-vous, monsieur ? Ce ne sont pas des aigues-marines ! L'aigue-marine n'est pas du tout une pierre de valeur ! Ce sont des *saphir-asteria*, star-sapphires ! Beaucoup plus rares et beaucoup plus précieux que tous les autres saphirs ! Asteria signifie étoile. Regardez à la loupe, je vous prie. Vous verrez dans chaque pierre une étoile blanche.

Je regardai à la loupe et je vis les étoiles. Et le bleu n'était pas du tout celui des aigues-marines, pâle et liquide. C'était un gris bleuâtre, mousseux, semblable à la couleur des eaux écumantes. Un bleu plus proche du pervenche que de l'aigue-marine, et plus proche encore des yeux d'Edith, que j'avais appelés pervenche par ignorance, faute de mieux. Les yeux d'Edith n'étaient donc pas pervenche, ils étaient couleur saphir-asteria ! Je rendis le bracelet au vendeur en soupirant. Mais celui-ci me comprit :

— Il y en a un autre, si vous voulez. Il ne coûte pas le dixième, mais l'effet est le même. Ça dépend des goûts. Il y en a même qui préfèrent... Voilà. Ce sont des améthystes montées sur de l'or blanc, pas du platine. Regardez.

En le soupesant, je me disais qu'il ne plairait sûrement pas à Edith : la couleur de l'améthyste la rendait triste. Mais moi, moi, j'étais peut-être de ceux qui pouvaient « même préférer celui-ci ». La magie des pierres ? Allons donc ! Je savais simplement une chose : une sorte de désir viscéral me poussait à acheter ce bracelet d'améthystes et il m'en coûtait de ne pouvoir m'y décider. Je regardai l'heure : maintenant le temps filait à toute vitesse. J'avais passé un temps incroyable devant la vitrine puis ensuite à l'intérieur de la boutique du bijoutier. Je dis au vendeur que j'étais pressé et que je repasserais peut-être. Je me précipitai à l'hôtel.

La TWA avait laissé un message me demandant de rappeler. J'en fus surpris. Nous étions tombés d'accord sur le fait qu'ils répondraient par oui ou par non de toute façon. Je les appelai. Ils étaient désolés, mais ils étaient encore dans l'incertitude. Pouvaient-ils me rappeler le lendemain matin ?

« Demain matin, ou pendant la nuit, à n'importe quelle heure ! Je suis prêt à partir. » Au dernier moment, il me vint une idée : « Et si vous ne pouviez pas m'avoir une place pour demain, dites-moi s'il y en aura une le jour suivant, le 22, le 23, le 24, ou même le 25 ou le 26; bref, le premier vol sur lequel je puisse avoir une place libre. »

Négative fut leur réponse après qu'ils eurent contrôlé. Sauf si quelqu'un se désistait, j'étais obligé de partir le 27.

Cette nuit-là je ne réussis pas à m'endormir. Ce qui m'arrive très rarement. Était-ce dû à l'incertitude dans laquelle je me trouvais ? Ou encore, nerveux et distrait, est-ce que j'avais trop mangé et trop bu au dîner ?

Dans ma demi-somnolence, je repensais à mon séjour à Milan et il m'apparut comme un cauchemar : les bureaux, les banques, le notaire, l'avocat, et surtout cette dernière journée. Si je partais le lendemain matin, ce serait aussi la dernière journée que je passerais en Italie d'ici bien longtemps. Je revoyais les vitrines du Corso, et le bijoutier, à Montenapoleone. Mon esprit retournait sans cesse là-bas, obsédé par la couleur de ces améthystes. Non, elles n'allaient pas au poignet d'Edith, j'avais bien fait de ne pas les acheter. Je m'en félicitais : c'est bien, tu as été sage. Au poignet de qui pourraient-elles bien aller ?

À celui d'Anna, certainement. Anna. C'est peut-être en pensant à elle que je finis par m'endormir.

Ce fut le téléphone qui me réveilla. Il était sept heures. Il y a une place. Il faut que je sois à la Malpensa à dix heures et demie.

À huit heures je sortais de l'hôtel; j'avais déposé mes valises chez le portier, je repasserais les prendre en taxi. Il me semble que mon agitation se calme du simple fait de marcher. Une longue promenade dans les jardins Cavour, une fois encore Via Manzoni, Piazza del Duomo, le Corso. De temps en temps je m'arrête pour prendre un café.

Le café est toujours si bon en Italie. Combien de temps allais-je rester sans en boire ? Combien d'années passeraient avant que je ne revienne ? Trois ? Quatre ?

Quatre, autant que j'avais bu de cafés. Puis, je me retrouvai via Montenapoleone, devant la bijouterie. Il était neuf heures vingt-cinq. Fermé. Je m'y attendais : à Milan, la plupart des magasins de luxe sont encore fermés à neuf heures. Ils ouvrent plus tard, vers dix heures. Mais je ne pouvais pas attendre jusqu'à dix heures. S'ils ouvrent à neuf heures et demie, parfait. Sinon, je prends un taxi à

San Babila, je passe à l'hôtel et je cours à la Malpensa.

À neuf heures vingt-neuf la bijouterie ouvrait.

Mon vol était déjà annoncé et je me dirigeais avec les autres vers la rampe d'embarquement quand, mettant la main dans ma poche pour voir si j'avais bien mon billet, j'y trouvai aussi autre chose, que je ne cherchais pas : la formule du télégramme pour Edith. Je l'avais oublié.

Peut-être avais-je encore le temps ? En courant, la poste est dans le hall, il ne faut que quelques secondes pour expédier un télégramme.

Mais non, c'était très bien comme ça : pourquoi ne pas me l'avouer au moins maintenant ? En fait, c'était exactement ce que je voulais.

À peine arrivé à New York, après avoir passé le contrôle de douane et récupéré mes bagages, je téléphonai à Willimantic d'une cabine du hall. Déjà rapides, les avions dérobaient les heures au soleil; il était encore tôt dans l'après-midi. Ce fut la mère d'Anna qui me répondit. Comme elle ne m'avait vu qu'une seule fois et que je parlais maintenant l'anglais avec un accent parfait, elle ne put reconnaître ma voix. Anna était à sa boutique, à Hartford. Je lui demandai le numéro, précisant que c'était urgent.

J'appelle la boutique. « Mrs Anna Russo ? I'm a friend, a friend from Italy. » Edith lui avait certainement écrit que j'étais parti en Italie. Elle comprendrait. Non, malheureusement, je ne pouvais pas laisser mon numéro, j'étais à l'aéroport de New York.

Ce fut la plus longue attente de ma vie. Une torture. Je craignais à tout instant que la communication ne fût coupée, comme il arrivait souvent en Amérique et surtout à New York. J'avais préparé un énorme tas de pièces de 25 cents, et j'en introduisais une dizaine chaque fois que l'*operator* émettait un signal. Je palpais, comme un talisman, l'écrin des améthystes, enveloppé dans du papier de soie, surmonté d'un beau nœud violet. Depuis mon départ, je l'avais gardé dans la poche intérieure de ma veste, côté cœur. En le palpant, je voyais Anna. Mon Dieu, qu'allait-il se passer ? Après tout, elle pouvait aussi bien me dire non, ou qu'elle était prise ce soir-là. Plus de deux ans avaient passé : elle pouvait également avoir trouvé un autre homme. C'était même très probable, Vaclav comptait pour rien. En travaillant dans une aussi grosse boutique, avec sa beauté provocante, Dieu sait combien de gens pouvaient la voir tous les jours ! Je continuais à introduire des pièces avant même d'entendre le signal. Je ne voulais pas prendre de risques.

Sa voix. Basse, chaude, paisible :

– Who's speaking, please ?

J'eus la sensation d'un miracle, et cela m'emplit de gratitude.

– Anna, dis-je.

Ce fut suffisant.

– Edoardo !

Mais elle reprit aussitôt un ton paisible pour me demander où j'étais et ce que je faisais.

Je lui dis que j'avais téléphoné chez elle pour avoir le numéro de la boutique, mais que je n'avais pas dit mon nom à sa mère, parce qu'Edith ne savait pas et ne devait pas savoir que j'étais déjà de retour en Amérique.

– Elle m'attend le 27, lundi prochain, dans une semaine.

– Tu veux venir ici ?

– Bien sûr, tout de suite, si toi tu ne peux pas venir à New York. Évidemment ce serait mieux que tu me rejoignes ici, beaucoup mieux.

– Je comprends, dit-elle.

126

Il y eut un silence. Je croyais que nous avions été coupés.

– Anna ?

– Oui, mon chéri. Je suis en train de réfléchir. Il faudrait que je demande un congé à mon patron.

– Demande un congé de quelques jours.

– Ça veut dire quoi, quelques jours ?

– Tout le temps que je reste ici. Demande un congé jusqu'à vendredi soir, le 25; après il y a encore deux jours, le prochain samedi et le prochain dimanche. Tu es libre, non ?

– Oui. Non. Je ne le suis pas, je devrais aller à une party chez des amis, je me libérerai pour toi. Mais d'abord cela fait deux jours de congé pour convenance personnelle, il y a peu de chances qu'ils me les accordent : deux jours, de demain soir à vendredi.

– Pourquoi demain soir ? Tu ne peux pas venir ce soir ? Ça fait un jour de plus.

– Edoardo, tu es fou !

– Oui, je suis fou, mais je t'en prie.

– Laisse-moi réfléchir. (Elle se tut de nouveau, puis d'un ton hésitant :) Bon, mettons... mettons qu'ils me donnent ce congé...

– Mais qu'ils te le donnent à partir de demain, comme ça tu viens ce soir !

– ... ça m'étonnerait que j'y arrive. Mais supposons : je vais où ?

Je lui dis le nom de mon hôtel. Si ce n'était pas le premier, c'était du moins l'un des premiers de New York. J'avais pensé à tout. Je le lui dis, d'ailleurs, que j'avais pensé à tout, et que j'avais un cadeau pour elle.

– Je l'ai là, je le touche. J'espère qu'il te plaira. Alors, Anna...

– Alors je ne sais pas, mais si ce n'est pas ce soir, ce sera demain soir. Tu as le numéro de l'hôtel ? Si je ne viens pas ce soir, je te téléphone.

– Je vais regarder dans l'annuaire. Tu n'as qu'à m'attendre là, près de ton téléphone. Je te rappelle tout de suite.

Je la rappelai au bout d'un instant. Je compris à sa voix, tandis qu'elle écrivait les chiffres en les répétant doucement, qu'elle était émue elle aussi. Je lui demandai si elle viendrait avec sa voiture, et si elle connaissait bien la route.

– Tu penses ! La dernière fois, pour aller chez ce sacré Vaclav, j'ai battu un record. Ne t'inquiète pas pour ça. Dis-moi plutôt à quelle heure tu penses être à l'hôtel.

De l'aéroport au centre de Manhattan, il ne faut pas plus de deux, trois heures. Pour être sûre de me trouver, elle pouvait m'appeler après quatre heures.

– Alors on fait comme ça : si je ne viens pas ce soir, je te téléphone. O.K. ?

– O.K.

– Edoardo ?

– Oui, dis-moi.

Sans la moindre agitation cette fois, d'un ton presque solennel, elle me dit :

– Edoardo, je ne m'attendais pas à un coup de fil comme ça de ta part. Mais maintenant, j'ai envie de toi.

J'espérais qu'elle n'appellerait pas.

Plus le temps passait, plus cet espoir allait croissant.

Je quittai ma chambre vers dix heures, en prévenant le standard que si on m'appelait j'étais dans le hall. Je m'assis dans un fauteuil de façon à voir l'entrée principale d'un côté, et de l'autre le portier et la réception. Un hôtel de luxe, beaucoup de va-et-vient et beaucoup d'étrangers. J'avais pris une chambre pour deux, très spacieuse. Plus chère que je ne l'aurais pensé et j'éprouvais un remords qui était en même temps un plaisir, ou plutôt le désir, l'espoir et la certitude du plaisir.

Chaque fois que quelqu'un ouvrait la porte vitrée du hall, c'était pour moi comme un coup de fouet. Si une femme entrait, je me levais et je faisais quelques pas pour la dévisager. Sans pour autant quitter des yeux le coin du portier : il fallait qu'Anna gare sa voiture, ce qui n'était pas facile. Elle pouvait aussi bien entrer par une porte latérale.

Pris d'impatience, je sortis : je la verrais peut-être arriver. Je voulais la prévenir qu'un hôtel de cette classe possède un garage particulier : on donne la clef au portier et c'est lui qui s'occupe de la voiture.

Il bruinait, en cette fin de septembre, mais il faisait déjà froid. Et si à ce moment précis elle était entrée par un autre côté ?

Je rentrai, et je demandai au portier si quelqu'un m'avait demandé. En le regardant tandis qu'il me répondait par la négative, j'imaginais Anna ici, devant moi, et je me dis qu'elle saurait se débrouiller pour la voiture. Ce n'était certes pas la première fois qu'elle fréquentait un grand hôtel !

Je repris mon poste d'observation. Je n'avais pas mangé, je n'avais rien bu, et je ne voulais rien prendre. Je fumais sans arrêt. De temps à autre, je palpais l'écrin des améthystes que je portais toujours sur mon cœur. Je me dis tout à coup que j'étais stupide de me ronger ainsi d'angoisse. Je décidai de réagir, de penser à autre chose, je pris les journaux du jour, que je n'avais pas encore lus, et me mis à les parcourir.

Je me forçais à lire, mais je m'interrompais sans cesse pour regarder les gens qui entraient et qui s'approchaient du portier. Quand c'étaient des femmes, surtout si elles étaient grandes et un peu fortes, et qu'elles lui ressemblaient un peu de loin, je les haïssais. J'aurais voulu les réduire en cendres. Quels visages inexpressifs ! Quels rires stupides ! Mais pourquoi existaient-elles ? Que faisaient-elles ici ?

Je lisais, mais au bout d'un instant j'avais oublié tout ce que je venais de lire. Les événements du monde entier avaient perdu leur importance, ils me semblaient dénués de toute signification. Une agitation stérile, les lignes noires, indéchiffrables dansaient comme si les mots, chargés de sens chacun séparément, n'arrivaient pas à se relier les uns aux autres. Ne me disaient quelque chose, ne retenaient un instant mon attention que les malheurs, la violence, les désastres, les crimes, les morts. Peut-être sentais-je obscurément que ces faits avaient un rapport avec moi, avec ce que j'éprouvais à ce moment précis. C'étaient des événements qui faisaient partie du même mouvement, du même tourbillon où je me trouvais pris.

Des heures, oui, des heures d'attente : il était minuit passé. Le hall déjà désert. Les gens qui entraient se faisaient de plus en plus rares. Je commençais à me dire que peut-être il valait mieux renoncer et me résigner. Je résistais parce qu'il me semblait entendre encore la voix chaude d'Anna : « Si je ne viens pas, je te téléphone. » Elle le ferait, de toute façon. Peut-être pas ? Et si elle n'avait pas pu téléphoner ? S'il lui était arrivé quelque chose, un accident de voiture, par exemple ? Ou encore si elle avait décidé de ne pas venir, après, sans même me téléphoner ?

Oh ! On ne pouvait pas exclure cette hypothèse. Elle aussi pouvait éprouver des remords en pensant à Edith. C'était peut-être pour cela, parce qu'elle s'était aperçue que quelque chose de cruel et de monstrueux était sur le point de naître entre elle et moi, qu'elle avait décidé qu'il valait mieux *l'étouffer dans l'œuf*, ce quelque chose. De cette façon précisément, en ne téléphonant pas.

Il est vrai qu'elle m'avait dit aussi : « Maintenant j'ai envie de toi. » Pourquoi m'avoir menti ? Elle m'avait paru sincère. Mais cette sincérité même et la violence soudaine de son désir pouvaient aussi lui avoir inspiré des remords. Qui sait, peut-être prenait-elle les choses plus légèrement, était-elle déjà arrivée ? Il était possible qu'Anna ne fût pas, comme je le croyais, une de ces femmes qu'on juge légères à bon droit. Au fond, elle était peut-être meilleure que moi. Comme à la Croix-Blanche et à l'hôtel Monaco c'était moi qui l'avait corrompue, et qu'elle s'était laissé corrompre, j'en étais venu à la considérer comme fondamentalement avide d'argent, cynique, légère. Et je m'étais trompé. Qui pourrait me le confirmer ?

Si j'écartais pour l'instant la possibilité qu'elle fût légère et froide, je dépassai aussitôt ce raisonnement pour aboutir à une réflexion inverse. Semblable à la lumière du jour qui apparaît au fond d'un tunnel obscur, la lumière du jour et de la vie : Mais bien sûr, Anna est en retard, me dis-je, elle ne peut pas être déjà là ! Elle sera passée à Willimantic pour prendre un bain, se changer, et choisir ses plus belles *toilettes* ! Dieu sait s'il lui en fallait ! Une semaine à New York, dans un des plus grands hôtels de la ville !

Après ces années de malchance, où elle avait dû abandonner la seule vie qui lui plaisait vraiment et épouser ce pauvre diable de Vaclav, la seule mention du nom de cet hôtel avait dû agir sur elle d'une façon magique et irrésistiblement corruptrice ! Oh ! sa mélancolie au Florian, et les belles phrases de regret qui lui avaient échappé ! « Il y a eu de bons moments ! » Je les avais oubliées, ou plutôt je m'en étais parfaitement souvenu, mais uniquement de façon inconsciente et pour m'encourager dans mon projet secret. Pour m'ôter tout scrupule. Pour conserver l'espoir d'un succès futur, cet espoir que je sentais maintenant renaître en moi.

Aucun doute, elle était allée à Willimantic, ce qui lui avait pris deux ou trois heures, peut-être plus : ses toilettes ! Et elle ne me l'avait pas dit au téléphone, parce que là, sur le moment, elle n'y avait pas pensé. Bah ! je m'étais peut-être fait une fausse idée d'elle. Que devais-je penser, alors ? Qu'Anna n'était pas cynique, qu'elle n'était ni avide d'argent, ni légère, ni froide ? Je devais supposer que le désir qu'elle éprouvait pour moi était si fort qu'elle en avait oublié ce qu'une femme élégante n'oublie jamais, et encore moins quand elle sait qu'elle doit passer quelques jours dans un grand hôtel de Manhattan : comment dois-je m'habiller, que vais-je me mettre, qu'est-ce que j'ai à me mettre ?

Non, point n'était besoin de la croire passionnée et romantique au point d'en oublier son sens des réalités. Au contraire. Elle savait certainement qu'elle serait très en retard, et c'était par calcul qu'elle ne m'en avait pas averti au téléphone. Un calcul, mais le calcul instinctif d'une femme qui a l'expérience des hommes et de leurs vices : « Ça lui fera le plus grand bien d'attendre ! » Non pas délibérément, entendons-nous bien. Pas une décision clairement formulée. Mais : « Ça lui fera le plus grand bien d'attendre. » C'était une pensée toute simple, évidente, qui lui était venue inconsciemment à l'esprit. Elle n'avait même pas dû y prêter attention, tant cela devait lui sembler habituel et normal. Est-il besoin de dire que c'était cette Anna que j'aimais et que je désirais, et aucune autre ?

Une fois encore, il me faut mettre mon lecteur

en garde contre toute erreur possible : il m'est difficile, je le répète, de reconstituer mon état d'esprit après si longtemps. Mon récit des faits est fidèle à la réalité, mais les réflexions qui accompagnent ces faits ne sont pas précisément celles d'alors : elles se mêlent au jugement a posteriori que porte dans sa logique propre celui qui observe le jeu après s'en être retiré. Pourtant, je suis sûr de ne pas les falsifier. Ma conscience ne dérape pas, elle n'accueille rien de nouveau aujourd'hui, si ce n'est un peu de logique. Aujourd'hui je ne suis plus dans le jeu et je n'aime plus cette époque pleine de confusion vitale.

J'élaborais déjà, alors, ces multiples interprétations du caractère d'Anna et de mon propre comportement : mais sans doute avec moins de précision qu'aujourd'hui. Si elles avaient été aussi précises à cette époque-là, je n'aurais plus osé faire un mouvement. Non, ce n'est pas vrai non plus. Il est beaucoup plus simple d'avouer qu'aujourd'hui j'ai vieilli. Tandis qu'alors j'étais si jeune que lorsque Anna apparut – elle m'apparut brusquement dans le scintillement des glaces de la porte tournante – je me précipitai. Elle avait vieilli, grossi, et ses cheveux teints prenaient une désagréable couleur rougeâtre. Ma réaction fut une de ces réactions typiques des jeunes gens : justement parce qu'elle était moins belle, je trouvais Anna plus désirable encore !

Je me précipitai. Elle fit un geste pour m'embrasser, mais moi, très européen, je lui baisai la main. Et nous traversâmes ainsi le hall en direction de l'ascenseur, couple seigneurial *slightly old fashioned* sous le regard bienveillant et indifférent du portier et du reste du personnel de l'hôtel. Anna avait deviné de quoi il s'agissait : sérieuse et très élégante, elle portait un tailleur en gabardine vert bouteille, et un boa de lynx comme c'était de nouveau la mode cette année-là.

Notre chambre se trouvait tout en haut, au-dessus du quarantième étage. Tandis que l'ascenseur montait, nous nous dévisagions fixement. Elle riait. Je respirais de nouveau son parfum. Il me semblait que ma vie tout entière dépendait nécessairement d'elle, et j'éprouvais un besoin immédiat, irrésistible, de lui en faire l'aveu; mais je ne pouvais lui parler en présence du liftier et du chasseur. Alors je pris son sac, je l'ouvris, et j'y laissai tomber le bracelet dans son écrin. Elle me le reprit aussitôt des mains :

« Il est à moi ! » s'écria-t-elle en continuant de rire. Et elle referma son sac : j'entendis ce même « clic » qui à Oropa avait scellé notre pacte. J'étais comme frappé d'hypnose, tombé dans le délire d'une extase comparable non plus à celle d'un jeune homme, mais à celle d'un collégien de seize ans; j'avais pensé qu'Anna pourrait refuser mon cadeau, mais elle l'avait accepté ! J'ai donc de la chance, me dis-je, sur le seuil du paradis ! Et pourquoi ne pas divorcer d'Edith pour épouser Anna dès qu'elle aura divorcé de Vaclav ? Je désire ardemment me sacrifier, sacrifice d'autant plus délicieux qu'une déception inattendue le justifie davantage : c'est à ce qu'elle est maintenant que je veux me consacrer, non à sa beauté d'autrefois. À son corps devenu lourd, injure visible à cette première image d'elle, éphémère, dont je voulais me délivrer. Mais, inexplicablement, j'avais toujours su, dès la première fois, que je ne m'en délivrerais jamais.

Je retrouvais ce qu'un instinct aveugle m'avait toujours poussé à chercher, sans savoir jamais quoi jusque-là. En y repensant aujourd'hui, j'en arrive même à me dire que je retrouvais un bonheur que j'avais peut-être éprouvé dans un très lointain passé perdu. Une immense joie que j'avais oubliée, tandis que mon corps tendu à l'extrême, lui, s'en souvenait. Et c'est peut-être pour cela que je me sentais un rien enfoui en elle.

Anna elle aussi se taisait. Et quand je me retournai vers elle – au bout de combien de temps ? –, je vis qu'elle m'observait. Ses yeux marron foncé brillaient de la même joie que celle que j'éprouvais. Je ne saurais dire combien de temps je restai sans penser. Quand je sentis enfin s'allumer en moi l'étincelle d'une première « idée », je compris qu'Anna, s'étant assurée de mon total abandon, se sentait sûre, lucide, et plus forte que moi : et cette « idée », peu à peu, me conduisit de nouveau à ne plus penser. Il n'y avait pas une seule partie de son corps qui ne me semblât merveilleuse. C'était comme un voyage magique, agrémenté de très douces découvertes sans fin, au bout duquel j'aurais voulu disparaître, me perdre, me dissoudre, cesser d'exister. Parfois, ce voyage magique se continuait différemment : je restais immobile et je rencontrais ses lèvres, ses cheveux, ses mains, je rencontrais le bracelet d'améthystes qu'elle avait voulu passer à son poignet gauche, sur sa nudité, le signe de mon amour.

« Il est à moi ! » s'était-elle écriée en reprenant son sac ; c'était comme si elle m'avait dit : « Tu es à moi. »

Que m'avait dit Edith la première fois ? « Tu es comme je l'ai toujours dit, mais tu n'es pas pour moi. » Anna ne parlait pas, mais le rire de ses yeux signifiait : « Peu importe ce que tu es, tu es pour moi. »

Si Edith, avec ses manières rudes et son ironie, parfois ses indignations, ne laissait jamais voir sa douleur intime, sa générosité, son espoir, sa patience, Anna au contraire, quoique sceptique, cynique, avide, dure, ne craignait pas de s'abandonner à toutes les douceurs de l'instant, à toutes les abdications, toutes les joies, et toutes les fantaisies amoureuses. Nous n'avions mangé ni l'un ni l'autre, et nous étions affamés. Nous fîmes monter de quoi dîner au dernier moment, juste avant la fermeture du grill, sans pour autant nous interrompre.

Vint enfin le moment du sommeil. Il vint d'abord pour elle, bien plus vite que pour moi.

Du haut du gratte-ciel, on entendait le grondement nocturne de New York, immense et profond. C'était un bruit compact, multiple, indéfinissable. Pourquoi l'humanité s'agitait-elle ? Quel sens avait la vie ? Aucun, me disais-je. J'avais été si heureux que maintenant je ne désirais plus rien. Une stupeur tranquille, un désespoir figé, une déception sans remède, comme si je voyais et je touchais enfin du doigt la vérité ultime de l'existence.

Mais si j'étais déçu, c'est ce que je me dis aujourd'hui, c'est que j'avais commencé par me faire des illusions. Impossible que la joie que j'avais éprouvée quelques instants plus tôt ait été totalement dépourvue de « pensée » ! Cette joie, bien qu'infiniment plus intense, ressemblait à celle que donne un effort musculaire et sportif – nager, ramer, skier – en même temps qu'à la joie de la création artistique. Elle contenait la certitude étrange, instinctive, confuse, mais cependant solide, indestructible même, que j'arriverais à pénétrer un mystère, à le dévoiler, à comprendre ce que je n'avais jamais compris. Je saurai, me disais-je tandis que je sentais grandir cette joie, je saurai, je saurai : un peu de temps encore, un peu de temps, et au-delà du plus haut de cette joie je saurai. Mais ensuite j'avais compris qu'au-delà il n'y a rien. Ou plutôt : j'avais compris qu'au-delà de cette joie on ne trouve que le néant.

Je me retournai vers Anna qui respirait tout doucement. J'étais content qu'elle dorme. La sentir éveillée m'aurait dérangé. Âh! même en dormant elle me dérangeait encore. J'aurais préféré qu'elle soit partie dormir dans une autre chambre. J'aurais préféré ne plus la voir. J'avais connu, dans mon adolescence, des expériences comparables à celle-ci, bien que plus brèves et moins épuisantes. Je savais donc qu'au bout d'un certain temps – quelques heures, quelques jours ou quelques semaines – je désirerais Anna de nouveau. Mais je ne le souhaitais pas. Je préférais prendre le risque de ne plus jamais la revoir, je préférais même l'angoisse d'une nouvelle rencontre clandestine à l'ennui intolérable de *continuer*. D'un seul coup, une très haute montagne de noir ennui se dressa devant moi. Comment ferais-je au réveil ?

Je me dis avec terreur que nous n'étions qu'aux premières heures du mercredi 22 : la veille encore, j'étais à Milan à cette heure-ci. Comment allais-je faire pour rester à New York seul avec Anna jusqu'au lundi 27, jour où je devais prendre l'avion pour San Francisco dont l'horaire et la date du vol coïncidaient avec celui en provenance de Milan ? D'accord, Anna partirait probablement pour Willimantic le dimanche 26 dans l'après-midi. Mais comment supporter cinq jours avec elle, cinq jours d'affilée ?

Ce serait une torture. Et dire qu'au lieu de cela j'aurais pu retrouver Edith dans quelques heures ! Edith qui ignorait que j'étais déjà sur le sol des États-Unis ! À l'idée de la consolation, de la joie de revoir Edith, je faillis sauter du lit : seule me retint la peur de réveiller Anna. Et pourtant, pourquoi pas ? Dans la demi-obscurité, j'aurais peut-être pu me lever silencieusement, m'habiller, boucler mes valises, descendre, payer la note, prendre un taxi, et aller à l'aéroport. Un mot pour Anna : « Je suis dévoré de remords, etc. »

Non, même si cette fuite avait été couronnée de succès, ç'eût été un moyen ignoble, odieux, voire dangereux : j'avoue avoir craint, dans ce cas, une vengeance possible de la part d'Anna.

Cependant, ces cinq jours à passer avec elle, à New York, continuaient à me sembler de plus en plus insupportables. Impossibles, même. Il fallait donc que je m'en aille. Mais il fallait trouver une façon décente de le faire : fuir sans que ce soit ignoble, voilà. Un stratagème. Oui, mais lequel ?

Les yeux grands ouverts dans la demi-obscurité, j'étais parfaitement réveillé. Je me concentrai. Je me dis que je pourrais m'enfuir si j'arrivais à rester tout seul, sans Anna, pendant seulement une heure ou deux. Il fallait donc que je diffère ma fuite d'un jour au moins, et que je reste à New York jusqu'à jeudi. Alors je me souvins de quelque chose qu'Anna m'avait dit, distraitement, en prenant son bain.

J'étais sauvé.

J'étais prêt. Mes paupières, soudain pesantes, se fermaient toutes seules. Je crois que je me suis endormi en quelques secondes.

Anna m'avait simplement dit ceci :

« Il faut que j'aille chez le coiffeur dans l'après-midi. »

10

Il me suffirait de rester seul sans Anna durant trois minutes : le temps de téléphoner à la TWA et de réserver une place dans le vol New York-San Francisco du lendemain. Cela ne m'a d'ailleurs demandé qu'un instant : j'ai prié le portier de s'en charger.

D'autre part, ses trois heures chez le coiffeur ont juste suffi à rendre crédible ce que je lui ai raconté quand je suis allé la chercher.

C'est vrai, au réveil nous avions fait l'amour tout de suite, et après le breakfast une fois encore... Mais il s'agissait déjà d'une curiosité, d'un vice, de petits plaisirs : et puisque au fond du plus grand plaisir j'avais vu le néant la veille au soir, il était un peu tôt pour recommencer à me faire des illusions.

Je m'efforçai de prendre un ton de profond désappointement pour lui raconter ce que j'avais méticuleusement échafaudé. La chance voulut que je puisse lui raconter cette histoire sur le chemin entre le coiffeur et l'hôtel, le long de trois cents mètres de trottoir. Nous marchions côte à côte en nous tenant par le bras : autrement, je ne sais pas comment j'aurais soutenu son regard tout en parlant.

– J'ai une mauvaise nouvelle, Anna. Il est arrivé une chose terrible, que je n'avais absolument pas prévue.

Pendant ce temps je prenais sa main, sa longue main lisse, tiède, douce, dont le simple contact m'empêchait la veille encore de penser, et qui ne m'en empêchait plus maintenant.

– Comme je te l'ai dit, je devais téléphoner à Milan à l'hôtel où je vivais après avoir vendu la maison. Je devais téléphoner pour leur demander de ne pas m'expédier de courrier, de ne pas me transmettre de communications tant que je ne les aurais pas prévenus de mon arrivée à Berkeley.

– Eh bien ?

– Eh bien, j'avais été très clair, tu t'en doutes. Mais je me sentais inquiet, je voulais me rassurer. Edith aurait été étonnée de voir arriver un télégramme pour moi alors qu'elle me savait encore à Milan.

– Et alors ?

– Alors, malheureusement, ce matin... À Milan ils ont six heures d'avance sur New York... Donc ce matin Edith a téléphoné à Milan de Berkeley, et elle m'a demandé.

– Pour te dire quoi ?

– Rien, je ne sais pas, elle a appelé à la même heure que d'habitude. Peut-être voulait-elle savoir où j'en étais de la vente. Je ne lui ai pas dit que j'avais vendu l'appartement, justement pour pouvoir m'arrêter à New York et venir te voir.

– Et alors ?

– Là-dessus aussi j'avais été très clair à l'hôtel : « Si on m'appelle, qui que ce soit qui m'appelle, ne dites pas que je suis parti, dites simplement que je ne suis pas à l'hôtel. »

– En somme ils lui ont dit que tu étais parti pour l'Amérique ?

– Oui, hélas !

– Qu'est-ce que tu comptes faire, maintenant ?

J'étais sur le point de lui répondre que j'avais déjà retenu ma place dans l'avion. Mais je la vis soucieuse, et je me risquai à dire :

– Je ne sais pas, je suis désespéré. Et toi, que me conseilles-tu ?

Anna hésita, mais seulement l'espace d'un instant. Puis, d'un ton résolu :

– Pars tout de suite, dès ce soir. Tu lui diras que tu as voulu lui faire une surprise. Pars ce soir. Je t'accompagnerai à l'aéroport.

– Non, demain ! Encore une soirée ensemble, au moins !

Ce fut elle qui, une fois à l'hôtel, au moment d'entrer dans l'ascenseur, appela le portier et me dit :

– Va tout de suite retenir ta place dans l'avion.

140

Ma place étant déjà retenue, je restai en bas aussi longtemps qu'il m'aurait été nécessaire pour appeler la TWA et obtenir confirmation. Est-il besoin de dire que je me sentais de nouveau heureux ? Mais c'était un bonheur, cette fois, d'une extraordinaire légèreté : je me sentais comme soulevé, exalté et en même temps réconforté par deux choses bien réelles : Anna plus que pour quelques heures, et quelques heures plus tard Edith pour toujours.

Je partis pour San Francisco dans l'avion que j'aurais pris si j'étais arrivé le jour même de Milan. J'aurais pu partir plus tôt dans la matinée, par un autre avion, mais c'était mieux comme ça. Anna m'accompagna à l'aéroport et resta avec moi jusqu'au dernier moment. Elle était contrariée, offensée même : mais comme si c'était la malchance qui l'avait offensée : elle en avait l'habitude, la pauvre. Son projet d'aller s'installer à New York et d'y trouver du travail semblait décidément voué à l'échec. Vaclav ne lui donnait plus signe de vie, et elle allait demander le divorce à la fin de l'année. De plus, elle regrettait de ne pouvoir profiter de ces quelques jours que je lui avais offert de passer avec moi à New York pour aller se présenter au directeur d'une grande firme qu'elle avait autrefois connu. C'était un personnage très important dans la mode. Son aide pouvait être décisive. Elle n'avait jamais cherché à le *contacter* parce qu'elle ne voulait pas se présenter à lui dans des circonstances défavorables : Voyez-vous ça ! Une petite vendeuse qui vient de Hartford ! « Hartford is so provincial ! » Si provincial ! Mais maintenant, qui sait ? Aussi m'avait-elle demandé de l'accompagner : un professeur de Berkeley lui tiendrait lieu de caution. J'avais dit oui, naturellement. Elle avait téléphoné au secrétaire du personnage, en lui donnant l'adresse de notre hôtel, signe certain qu'elle n'évoluait pas dans les bas-fonds. Le secrétaire l'avait rappelée, et lui avait fixé un rendez-vous pour le surlendemain. En prévision de cette rencontre, elle était allée chez le coiffeur. Elle avait changé de teinte : un beau cuivre plus sombre, presque châtain, plus proche de sa couleur naturelle et qui lui allait beaucoup mieux. Mais pensez donc ! un des plus grands coiffeurs de New York ! En comparaison, ceux de Hartford sont tout simplement une horreur !

Une fois encore, les choses ne marchaient pas comme prévu ! Tant pis.

– Pourquoi ? dis-je. Je suis désolé de ne pouvoir t'accompagner, mais tu peux y aller toute seule, non ? Tu peux rester ici, personne ne te chasse.

– Je ne peux pas me permettre de payer l'hôtel.

– Je voulais dire que je payais d'avance, Anna.

Elle sourit :

– Merci, tu es très gentil, mais... faisons plutôt comme ça ! Donne-moi ce que tu aurais dû à cet hôtel, et j'en prendrai un beaucoup moins cher. Tant pis. Heureusement, j'ai eu le temps de profiter de celui-ci.

Ce moment a peut-être été le plus mélancolique de notre rencontre à New York, mais il a été aussi le plus gentil, le seul qui fût effleuré par un sentiment de sereine amitié. Malheureusement, à d'autres moments, quand nous étions impitoyablement face à face, à table le soir chez Barbetta, ou le lendemain en déjeunant à l'Oyster Bar, j'avais eu l'impression qu'elle scrutait mon visage et qu'elle se doutait de quelque chose. Peut-être pas exactement d'une trahison, mais d'une gêne avec elle, de toute façon. Il m'était pourtant facile de lui donner une explication rassurante de mes regards ambigus. Facile, très facile, parce que je trompais aussi Edith, et qu'elle était complice de cette trahison.

– À quoi penses-tu ? me demandait-elle. Tu n'es pas content ? Tu regrettes de m'avoir vue ?

– Anna, je pense...

– Je le sais, ce que tu penses. Tu n'as pas besoin de me le dire. Il faut que nous fassions attention. Edith n'a jamais eu le moindre soupçon à mon sujet parce que je suis la seule femme dont elle ne sera jamais jalouse. Mais quand nous nous reverrons, il faudra que nous fassions très attention.

Ces paroles m'inquiétèrent. C'était comme si Anna avait su que nous nous reverrions bientôt.

Pendant cette traversée en avion du continent américain, la même question revenait sans cesse : que devrais-je faire à mon arrivée à l'aéroport de San Francisco ? Lui téléphoner d'une cabine qu'elle vienne me chercher, ou prendre un taxi, rentrer directement à la maison et lui faire une surprise ?

Mon hésitation se compliquait du fait que je devais inventer une fable pour expliquer mon arrivée à l'improviste avec quatre jours d'avance. Mon explication serait la suivante : comme je l'en avais informée par télégramme, j'avais retenu une place pour le lundi 27. Les questions de bureaucratie et de vente ayant été réglées plus tôt que prévu, j'avais eu la chance de trouver une place dans l'avion qui partait de Milan le jeudi 23, ce matin même !

Oui, il valait mieux que je lui téléphone. Edith n'est pas comme Anna, quand je mens elle n'est jamais dupe. Cette fois au téléphone, elle ne s'en apercevrait pas, parce qu'elle serait surprise, heureuse, et qu'elle ne pourrait pas voir mon visage. Mais ainsi, je renonçais à une possibilité.

Edith m'aimait, j'en étais certain. D'un autre côté, j'étais beaucoup moins certain qu'elle ne me trompât pas. Le soupçon faisait partie de mon amour. En arrivant à la maison sans la prévenir, je pourrais peut-être, je ne dis pas la prendre sur le fait – cela me répugnait, je ne voulais même pas y penser – mais découvrir une trace, un indice quelconque, bon prétexte pour lui faire une scène, et me soulager ainsi un peu de mes remords.

Je ne me décidai qu'au moment où je n'avais plus le temps de réfléchir : pendant que j'attendais mes valises en regardant tourner lentement le tapis roulant.

Voulais-je dissimuler ma faute « réelle » ? Eh bien ! il était non seulement plus facile, mais aussi plus juste, d'accorder à Edith une chance de dissimuler sa faute éventuelle. Je lui téléphonai donc.

– Je viens te chercher en voiture tout de suite ! Ne dépense pas ton argent en taxi ! C'est trop cher !... Que veux-tu que je fasse à la maison à cette heure-ci ? J'arrive tout de suite !

Elle ne voulut pas écouter la fable que j'avais inventée avec tant de soin. Elle ne me demanda même pas si la maison de Milan était vendue. D'un côté j'étais récompensé, parce que le fait qu'elle fût si impatiente de me voir était une preuve d'amour; de l'autre, j'étais puni, parce que j'allais devoir affronter son regard... Mais non ! Il suffirait que je lui raconte mon mensonge sur le trajet de San Francisco à Berkeley ! Avec la circulation terrible qu'il y avait chaque soir précisément à cette heure-là, elle ne pourrait pas me regarder si c'était elle qui conduisait. Et si c'était moi, elle attribuerait mon air préoccupé à la conduite !

Peut-être l'amour exclut-il cette sorte de diplomatie secrète ? Certes pas. C'était de l'amour que j'éprouvais pour elle, et elle pour moi. Anna n'existait plus à mes yeux. Même si par un miracle, ou plutôt par une tromperie invraisemblable mais pas impossible, Anna se fût cachée dans l'avion et fût apparue soudain devant le carrousel où défilaient les valises multicolores, je lui aurais crié : « Pourquoi es-tu venue ? Vat'en, disparais ! J'aime Edith, je n'ai jamais aimé qu'Edith, et je ne t'ai jamais aimée ! »

Joie du retour. J'espère qu'on me croira même si je n'en parle pas. Le bonheur suprême est fait de rien, il est dans notre cœur, et nous ne pouvons même pas nous en souvenir, parce que, entre-temps, notre cœur a changé. Le temps, la faute, les vices, les souffrances l'ont corrompu. Et les disputes, et les irritations quotidiennes, et le travail même. Edith était pour moi la maison, la famille, la douceur du foyer :

la douceur du foyer et le charme des soirs...

Oh ! cette chaude soirée de fin septembre en Californie, après le précoce hiver de New York ! Et le soleil que du haut de Bay Bridge nous voyions sombrer derrière la masse solennelle du Tamalpaïs, illuminant de rose les eaux de la baie ! Je lui dis tout, pendant le trajet de l'aéroport à Berkeley : le faux comme le vrai, mais surtout le vrai : que j'avais désormais assez d'argent pour acheter la maison que nous voulions, là où nous voulions, sur la colline qui surplombe la baie; et deux voitures : une pour elle et une pour moi. Anna n'existait plus; sans doute, c'était à elle que je devais le bonheur de mon retour. Mais cela importait peu. Je n'ai jamais aussi bien compris à quel point j'avais besoin d'Edith, de cette paix qu'elle seule me donnait.

Son diplôme et le travail qu'elle avait trouvé presque aussitôt à la Bank of America, dans une agence d'Oakland, tout près de Berkeley, l'achat de la maison à Spruce et d'une autre voiture – une Pontiac pour moi –, tout cela s'est réalisé comme dans nos rêves. Et avant Noël nous avions déménagé, nous contentant pour le moment de quelques vieux meubles qu'on nous avait vendus pour une bouchée de pain avec la maison. Nous en achèterions d'autres, plus beaux, petit à petit.

Comme tous les ans, Edith téléphona à Willimantic pour Noël. Les deux vieux se portaient bien, ils étaient de bonne humeur, mais Vaclav les délaissait de plus en plus : ils ne l'avaient pas vu depuis Noël dernier. « Il est mauvais, il n'a pas de cœur, c'est un voyou ! » La mère d'Edith ne disait rien d'autre, elle pleurait. Ils ne nous apprenaient rien : Anna, dans ses dernières lettres et dans les coups de fil qu'elle passait à Edith, avait été très explicite. La nouvelle nous arriva justement la veille de Noël, elle avait officiellement demandé le divorce. Ayant ainsi perdu l'espoir d'aller s'installer à New York, elle avait décidé de quitter Hartford car elle ne supportait plus ni cette ville ni la boutique. Elle avait accepté un travail, toujours dans la mode, mais d'un autre genre. C'était une de ses anciennes connaissances qui le lui avait proposé, quelqu'un d'important qu'elle avait revu par hasard quelques mois plus tôt. Elle ne serait guère mieux payée, mais elle voyagerait en tant que représentante de Gucci Pucci Fiorucci Missoni. Elle devait cette chance à son physique – an Italian beauty ! – et bien sûr tous ses frais seraient remboursés. Elle commencerait au Nouvel An. Au début elle voyagerait vers l'East Coast : Connecticut, Massachusetts, Rhode Island, Maine, etc. Mais elle espérait qu'ensuite, s'ils étaient contents d'elle, ils l'enverraient plus loin, et peut-être même en Californie.

Edith avait accueilli cette dernière nouvelle avec une expression de joie. Elle avait appelé

Anna le soir même. Anna n'était pas chez elle. Alors Edith avait bavardé avec sa mère, la vieille Sicilienne, allant jusqu'à bafouiller de longues phrases en italien, entrecoupées de fous rires. Puis nous sommes allés à une *party* chez Jack, un professeur de mes amis. Nous avons dansé, chanté en chœur. Edith s'amusait follement. Ce n'était pas sa vitalité qui me surprenait, mais le fait qu'avec le même enthousiasme elle ait réussi à faire des études et à travailler maintenant cinq jours par semaine, de neuf heures du matin à cinq heures du soir, sans jamais se plaindre.

Le personnage important qui avait donné du travail à Anna était-il celui que nous devions rencontrer ensemble à New York ? C'était possible, mais il m'importait peu de le savoir. Quand Edith téléphonait à Anna, je venais lui dire deux mots moi aussi : c'était Edith elle-même qui me tendait le récepteur, et il aurait été peu naturel de refuser. De simples saluts, des plaisanteries, auxquels Anna répondit sans faire allusion à quoi que ce soit. J'aurais pu l'appeler de l'Université. Je connaissais ses heures. Certains après-midi, aux heures chaudes, après le déjeuner, je me retirais dans mon bureau pour lire. Le téléphone était là, sur la table de travail, et je fus parfois tenté de le décrocher. Mais je surmontai toujours cette tentation sans difficulté. Et maintenant ? Maintenant qu'un jour ou l'autre, même si c'était dans des mois, Anna allait venir en Californie ? C'était là une éventualité qui me gênait et que j'écartais aussitôt. Parfois, il est vrai, cette inquiétude avait quelque chose d'agréable, et je laissais alors mon imagination s'attarder un peu. Jamais pourtant au point de penser sérieusement à lui téléphoner. Ça se passera comme ça doit se passer, me disais-je. Sans me dire que m'en remettre ainsi au destin était dès le départ un signe de coupable indécision.

Vers la fin mars, dans l'intervalle entre le Winter Term et le Spring Term, l'université du Texas m'avait invité à donner un cours d'une quinzaine de jours. Edith était à la banque depuis trop peu de temps pour pouvoir demander un congé, et elle ne put donc m'accompagner. Je n'étais jamais allé au Texas. Austin, la capitale de l'État et le siège de l'Université, m'enchanta : une petite ville tranquille, modeste, comptant peu d'habitants. Des espaces immenses. Un rythme de vie lent, détendu, désinvolte, très différent de toutes les autres villes des États-Unis que je connaissais.

Pendant mes heures de liberté, j'explorais et visitais les alentours immédiats : le quartier mexicain, le faubourg de Buda, le village des *mobiles*, les maisons sur roues. J'allais au Johnson's Trader's Post, vieille auberge de poste et de commerce, encore fréquentée par des cow-boys, à un croisement de routes poussiéreuses; à la digue et au lac de l'East Colorado; à l'Old French Legation du comte Alphonse Dubois de Saligny, chargé de mission de S.M. Louis-Philippe, roi de France, auprès de la République du Texas vers 1840. Toute blanche parmi le feuillage vert sombre des chênes immenses, c'était une petite villa au portique soutenu par une double rangée de fines colonnes, blanches comme du lait. Autour du toit pointu, gris argent, coupé par trois mansardes, courait une gouttière de bois verni blanc, ajourée et brodée comme une toilette nuptiale. Mais ce qui me plaisait le plus – j'y allais tous les jours –, c'était le centre même de la ville, vaste et désert entre les jardins du Capitole et la rue principale. Je m'arrêtais devant le monument aux morts des Confédérés.

DIED : Morts, dit l'inscription – FOR STATE RIGHTS : pour les droits à l'autonomie – GUA-

RANTEED UNDER THE CONSTITUTION :
garantis par la Constitution. Elle commémo-
rait la terrible guerre civile qui avait ensan-
glanté le Sud finalement vaincu par l'énorme
puissance des États du Nord. Quatre millions
de combattants. 437 000 morts parmi les
Confédérés, 485 000 parmi les Fédéraux. Je
relisais chaque fois l'inscription, fasciné, sans
savoir pourquoi. Peut-être ne voulais-je pas
le savoir. Ce n'est que bien des années plus
tard que je crois en avoir compris le sens profond. L'histoire est toujours tragique, et la
vie de chaque homme ressemble à l'histoire
des peuples.

L'avion qui me ramenait d'Austin à San Francisco arriva avant midi. Edith était à son travail,
et elle ne pouvait donc pas venir me chercher
à l'aéroport comme elle le désirait. Je pris un
taxi, et en chemin j'eus l'inspiration subite de
passer à Oakland. Cela n'allongeait guère la
route : je voulais lui dire bonjour, lui signaler
que j'étais arrivé. Mais je changeai d'avis aussitôt. J'étais allé à Oakland quelques semaines
plus tôt pour chercher un livre de poche qu'on
ne trouvait plus à Berkeley. En sortant de la
librairie, le hasard fait que je passe devant
l'agence de la Bank of America. J'entre : dans
son bureau Edith parlait avec un client en lui
souriant avec componction. Dès qu'elle m'aperçoit, elle se met à rougir.

— Qu'est-ce qu'il y a ? Il est arrivé quelque
chose ?

— Non, rien, je passais par là et je voulais
seulement te dire bonjour.

— Bonjour.

Et elle me tourne le dos. Le soir, elle m'avait
fait des reproches :

— Et moi, je viens à tes cours, peut-être ?

– Je t'ai déjà dit cent fois que tu pouvais très bien venir. Ça me ferait plaisir.

– Merci de ta permission. Ça m'agace de venir te voir pendant que tu travailles. Et ça m'agace que tu viennes me voir quand c'est moi qui travaille.

Aussi demandai-je au taxi d'aller directement à Spruce. En entrant dans la maison, je sentis immédiatement quelque chose de bizarre. Dans l'air, comme un parfum : au beau milieu de la table du living, je trouvai en effet une des casseroles de la cuisine pleine de roses sombres, d'un rouge foncé; de loin, elles semblaient presque noires ! Je m'approchai : elles étaient veloutées et très parfumées.

J'allai dans la chambre à coucher. J'aime beaucoup l'ordre. Edith moins, mais elle savait que j'arrivais et elle avait tout rangé. Je souris en moi-même, satisfait et ému. J'étais en sueur, je me déshabille, je vais dans la salle de bains et passe sous la douche. En regardant à travers le jet et la vitre ruisselante, il me semble apercevoir sur la tablette du lavabo une quantité de petits flacons qui n'ont jamais été là, et, pendu dans un coin, un tissu rouge que je ne connais pas. Une nouvelle robe de chambre ? Je sors de la douche. Oui, c'est une robe de chambre toute neuve. Et ce sont des petits flacons de crème et de parfum. Je me sèche et je passe dans le couloir. Je vais tout au fond, après être passé devant la cuisine et mon bureau. Je m'arrête devant la porte de la chambre dite « d'ami », où pour l'instant nous n'avions mis qu'une chaise, une table de nuit et un petit lit à une place : plus grand, il n'aurait pas tenu.

Je pousse la poignée. Elle cède. J'entrouvre la porte. La petite chambre est dans la pénombre. Anna est endormie sur le lit. Elle a une combinaison noire, transparente, le ventre et les jambes nus. Je reste immobile sur le pas de la porte, à la regarder. Elle ouvre les yeux d'un air langoureux :

– Edoardo, quelle heure est-il ?

Je la regarde et je dis :

– Deux heures moins le quart.

– Il est encore tôt.

– Mais tu ne dormais pas, hein ?

– Non, je t'ai entendu arriver.

Immobiles, moi sur le pas de la porte et elle sur le lit, nous nous regardions.

– Nous avons le temps, dit-elle d'un ton sérieux, comme pour me donner la certitude que nous avons le temps.

Je criai presque : « Non, attends ! » Et je courus vers le téléphone. J'appelai la banque, je dis à Edith que j'étais arrivé, que j'avais trouvé Anna, que pour l'instant je prenais ma douche et que j'allais tout de suite après à l'Université où l'on m'attendait.

– Tu as mangé ? me demande-t-elle d'un ton pressé.

– Je n'ai pas très faim, ce n'est pas grave.

– Dis à Anna qu'elle te fasse quelque chose.

Déjà elle arrivait derrière moi – m'effleurant de son bras nu qui portait le bracelet d'améthystes, m'imprégnant de son parfum – et elle me prit le récepteur des mains :

– Je m'en occupe, dit Anna, ne t'inquiète pas.

Pour venir d'Oakland à Spruce, il faut au moins une demi-heure avec la Mustang. Je devais être mathématiquement sûr qu'Edith ne nous surprendrait pas.

Vingt minutes plus tard, je sortais la Pontiac du garage; à côté, la voiture d'Anna immatriculée dans le Connecticut.

Ces vingt minutes, je ne les ai pas passées à manger. J'allai à l'Université satisfait mais furieux contre moi-même.

Ce soir-là, à table, à un regard et un léger sourire d'Anna tandis qu'elle parlait de M. Rubinstein, son nouveau boss, je compris que c'était précisément le personnage de New York.

Anna était chez nous depuis une semaine. D'Austin, j'avais téléphoné à Edith tous les jours; mais elle ne m'avait pas annoncé son arrivée pour me faire elle aussi une surprise. Avoir avec elle sa grande amie la remplissait de joie : elle redevenait petite fille, et elle était persuadée qu'il en était de même pour moi.

M. Rubinstein s'était très vite rendu compte des capacités d'Anna, et sans accéder encore à son désir suprême qui avait toujours été de vivre et de travailler à New York, il s'était décidé à l'envoyer quelque temps dans l'Ouest. Anna devait voyager, se déplacer sans arrêt : on lui avait confié une zone très vaste : Californie, Nevada, Arizona. Mais son point de chute, du moins au début, était San Francisco. Edith lui avait aussitôt offert l'hospitalité : savoir qu'Anna était là et ne pas la voir chaque jour lui semblait absurde ! Anna n'avait accepté de venir habiter chez nous qu'à la condition de payer son room and board, sa pension et son loyer. Cette dépense lui était d'ailleurs remboursée. Il lui suffisait de présenter des comptes en règle chaque mois.

Commença alors pour moi une vie étrange, hagarde, déroutante, que je n'aurais jamais imaginée, ni même crue possible, du moins pour moi. Pour d'autres peut-être qui croyaient qu'on pouvait être irrationnel alors que moi j'avais toujours eu l'illusion qu'il est impossible de ne pas raisonner. Une existence sombre et inquiétante, d'exténuantes saisons de fermentation malsaine dont je voudrais ne pas me souvenir. Je le sais parfaitement, il s'agissait d'une fatalité. Je ne pouvais l'éviter sans déplaire terriblement à Edith. Si je lui avais dit : Non, je ne veux pas qu'Anna vienne vivre avec nous, elle aurait pu soupçonner quelque chose. Pourquoi est-ce que je n'aurais pas voulu ? En même temps, j'étais content, hélas, de ne pouvoir éviter cette fatalité.

Anna allait et venait. Parfois elle restait absente des semaines entières. Les angoisses nerveuses dont je souffrais étaient à peine cicatrisées que déjà je désirais en souffrir de nouvelles. Dans l'ensemble, son point d'attache resta à San Francisco durant deux ans et demi : les jours où elle était là, je vivais, que ce soit d'excitation ou d'angoisse, dans un état d'inquiétude continuel. Il m'était même difficile de travailler. J'essayais de rester le moins possible seul avec elle à la maison.

Avant, je revenais parfois vers une heure pour prendre un déjeuner froid que me préparait Edith. Maintenant je déjeunais à l'Université. En général Anna ne revenait pas non plus pour le déjeuner. Mais elle pouvait toujours venir, ce n'était jamais entièrement exclu. Pour expliquer à Edith mon changement d'habitudes, je lui dis que le nombre d'étudiants avait beaucoup augmenté ce trimestre, c'était d'ailleurs parfaitement vrai. J'avais davantage de travail. Je prenais donc mon lunch dans une cafétéria quelconque ou dans un restaurant autour du campus.

Malgré cette précaution et d'autres, et malgré la sincérité de mes bonnes résolutions, les occasions de me trouver seul avec Anna ne manquèrent pas. Elles étaient rares, mais pas au point que je puisse me les rappeler toutes, à part quelques-unes. Confusément, j'ai encore le goût âcre de ces étreintes fugitives, convulsives, bestiales : debout même, dans la salle de bains, tout en surveillant du coin de l'œil la fenêtre par où nous pouvions voir la Mustang s'arrêter devant la maison, si jamais Edith rentrait à l'improviste. Une peur absurde, sans doute, puisque régulièrement nous téléphonions d'abord à la banque. Il n'était d'ailleurs pas toujours facile d'inventer un prétexte chaque fois différent. Et s'il arrivait qu'on nous dise qu'Edith était là mais qu'elle ne pouvait pas venir au téléphone, nous étions assez forts et assez prudents pour renoncer à un plaisir qui menaçait peu à peu de tourner au vice. Seule la voix d'Edith au téléphone nous donnait la certitude qui nous semblait nécessaire, et si nous avions peur même avec cette certitude, c'est tout simplement que la peur alimentait notre vice.

Renoncer, réprimer notre envie permanente de faire l'amour, exercer sur nous-mêmes un continuel contrôle, équivalait donc à un stimulant, et du moins pour moi à une excitation encore plus forte. Plus forte que si nous avions été libres de faire ce que nous voulions.

Quand Anna était là, il nous arrivait de vivre ensemble plusieurs jours de suite sans trouver la moindre occasion d'avoir des rapports. Le moment de son départ approchait : il me suffisait alors de la voir pour être toujours prêt. Anna s'en rendait compte, et elle n'hésitait pas, si Edith se levait pour aller dans la cuisine, à jeter un coup d'œil sur mon sexe; de même qu'elle ne résistait pas à la tentation de l'effleurer du dos de la main si elle passait par hasard dans le couloir à côté de moi, alors qu'Edith ne nous précédait que de quelques pas.

Un samedi, en fin d'après-midi, c'est moi qui ai pris la misérable initiative. Nous devions dîner dehors. En attendant, nous étions tous les trois devant la télévision, et nous regardions le journal télévisé ce jour-là particulièrement intéressant, je ne me souviens plus pourquoi. Edith se leva. Elle voulait prendre une douche avant de sortir. Peu après, je me levai à mon tour et j'allai m'assurer qu'elle était bien dans la salle de bains. Je revins. Assise dans un fauteuil, Anna avait les yeux fixés sur la télévision et elle ne m'entendit pas approcher. Son visage était juste à la bonne hauteur : tout doucement je m'approchai encore, jusqu'à toucher sa bouche du bout de mon sexe qui bandait. Un instant de terreur : la porte de la salle de bains s'était-elle ouverte ? Je me retirai, et j'allai au fond, dans mon bureau, sans rencontrer Edith mais sans plus entendre le bruit de la douche. Moments ridicules et atroces, catastrophe évitée de justesse. Souvenirs qui suscitent d'autres souvenirs, sans chronologie et sans pitié.

Depuis qu'elle était arrivée en Californie, j'aurais voulu faire des cadeaux à Anna, mais cela m'était difficile. Je n'allais jamais à San Francisco sans Edith. Berkeley est une petite ville où les ragots vont vite; si j'entrais dans une boutique, il était probable que quelqu'un me verrait et irait le répéter. De toute façon, Edith remarquerait le cadeau sur Anna. Anna pouvait dire qu'elle se l'était acheté elle-même. Mais à quoi bon ces complications ? Je préférai lui en parler clairement.

Un soir je l'ai trouvée au sous-sol, dans le garage : elle arrivait juste en même temps que moi. Edith était déjà rentrée, la Mustang était là.

Je dis à Anna que je voulais lui faire un cadeau depuis longtemps, et je la priai de le choisir elle-même. Elle accepta mon argent avec joie, avec élan. Au fond du garage se trouvait un petit cagibi obscur pourvu d'un vasistas : c'était à peine plus grand qu'un placard. Une porte de fer dont j'étais seul à avoir la clef. Un endroit sûr, il suffisait de ne pas faire de bruit. Nous nous enfermâmes à l'intérieur. Plus tard j'y ai mis le lit de camp de l'ancien propriétaire, qui nous encombrait là-haut. Il a servi pour deux ou trois occasions moins risquées. Mais cette première fois nous n'avions malheureusement pas le temps : Edith était à la maison, elle nous avait peut-être entendus arriver. Anna se mit à genoux, et rapidement, contre un coin du mur, elle me plongea dans une extase complète. Qui sait, c'est peut-être le souvenir obsédant de ces instants qui fit que quelque temps après, le soir où Edith nous laissa seuls devant le téléviseur pour aller prendre sa douche, je fus assez fou pour risquer une catastrophe.

— Dépêche-toi ! chuchota Anna dans le cagibi tandis que je retrouvais une contenance. Elle serait capable de tout ! Quand elle avait dix-sept ans, elle a trouvé son petit ami avec une autre et elle a fait une chose terrible !

— Quoi donc ?

— Vas-y maintenant, moi je monterai dans un petit moment. Dis-lui que tu m'as vue parce qu'elle a certainement entendu nos deux voitures arriver ensemble. Tu n'as qu'à lui dire que je m'occupe des paquets.

Anna avait toujours dans sa voiture des tissus, des pulls, des échantillons, un album de photos, et la liste des prix. En général elle en montait une partie là-haut pour rédiger ses commandes. Qu'avait donc fait Edith de si terrible ? Pour le savoir il aurait fallu que je reste seul avec Anna. Mais je n'y suis pas parvenu, et elle est repartie au bout de quelques jours.

Naturellement, je craignais qu'avec le temps Edith ne finît par deviner quelque chose. Elle s'était toujours montrée inquiète avec moi, méfiante et irascible à la moindre dispute : je n'y faisais plus attention. Mais peu à peu elle avait changé : elle était devenue dure, comme si elle se rendait compte d'une façon ou d'une autre que j'étais en train de me détacher d'elle ; comme si elle en éprouvait une rancune profonde; comme si elle nourrissait une rancœur d'autant plus pénible qu'elle ne pouvait en préciser la raison. Au cours des longues périodes où Anna était absente, il m'arrivait, à table, de m'abstraire, au point parfois de ne pas écouter ce que disait Edith, de ne pas même l'entendre.

— Réveille-toi ! me disait-elle d'un ton âpre, offensé, qui m'épouvantait. Ou encore : À quoi penses-tu ? Tu es en transe ? Redescends sur terre !

— Excuse-moi, répondais-je. Tu sais que je suis en train d'écrire un livre sur Hawthorne; c'est un travail qui n'a rien à voir avec mon cours à l'Université. Ce qui fait que c'est à la maison que j'y pense.

Je pensais à Anna bien sûr. Et Edith ne s'y trompait pas : j'étais comme en transe, ou plutôt comme sous l'effet intermittent d'une drogue qui m'exilait de la vie quotidienne et qui agissait surtout quand la vie quotidienne n'était pas celle qui m'aurait rendu heureux. Edith ne s'y trompait pas. Et Jack non plus. Jack Strethens était le seul de mes collègues de Berkeley à qui je faisais des confidences. Avec lui je faisais même allusion à mes difficultés avec Edith, mais sans bien sûr lui parler d'Anna. Jack était très intelligent, très humain. Il admirait Edith et avait peut-être tout compris de nos « difficultés ». Une fois il me dit : « She keeps you in touch with reality. » Elle te maintient en contact avec la réalité.

Edith ne pouvait pourtant pas remarquer une grande différence dans mon comportement d'une période à l'autre : je veux dire entre les moments où Anna était là, et ceux où elle était absente. Quand Anna était là, elles ne cessaient de bavarder. Leur rapport, inaltéré, demeurait gai, bruyant, enfantin. Chaque retour de son amie était pour Edith une fête. Anna racontait son dernier voyage dans les moindres détails, elle parlait des clients qui tombaient régulièrement amoureux d'elle tandis qu'elle se moquait d'eux, de ses rencontres dans les bars des hôtels de province. Toute une variété de types. Il y en avait toujours un ou deux drôles : un jeune homme timide et tremblant, ou un homme mûr qui lui proposait avec fatuité de passer le week-end avec lui. Edith s'amusait, s'intéressait, lui posait une foule de questions. Elle l'interrompait par des commentaires des plus comiques, se déchaînait, redevenait elle-même, une fille très sympathique, et ne faisait plus attention à moi. Je les regardais toutes les deux, je restais étranger en quelque sorte, et cela me faisait grand plaisir. Ah ! si j'avais pu inverser les rôles ! Vivre avec elles deux et le soir aller dormir avec Anna !

Mais là non plus Edith ne pouvait remarquer la moindre différence d'une période à l'autre. Le mensonge de cette nuit désormais lointaine de l'hôtel Monaco était devenu une habitude. Si Anna était là, je pensais à elle tandis que je faisais l'amour avec Edith, parce qu'elle était là. Et si Anna était absente, je pensais encore à elle parce qu'elle n'était pas là. Dans un cas comme dans l'autre, malgré mes efforts pour simuler ce que je n'éprouvais pas et pour masquer ce vide, avant et après, par des caresses et des baisers, je comprends aujourd'hui qu'Edith devait se rendre compte de mes froideurs, de mes absences, de la même façon sans doute que lorsque je n'entendais pas ce qu'elle disait à table.

Je le sais bien : si je réalisais que j'avais changé avec elle, je n'aurais pas dû m'étonner de ce qu'elle ait changé avec moi ! Mais si tout cela me paraît simple aujourd'hui, c'était beaucoup moins clair alors : nous sommes aveugles quand nous ne voulons pas voir. Je cherchais à ce changement d'autres explications, et je me demandais si elle de son côté ne pensait pas à un autre homme. Et pourquoi pas ?

En effet, elle s'était mise à rentrer plus tard que d'habitude. Davantage de travail, disait-elle : elle était employée là depuis deux ans et on lui confiait maintenant des tâches plus difficiles, plus délicates. De plus, ces heures supplémentaires étaient très bien payées. Peut-être y avait-il à la banque quelqu'un qui lui plaisait ? C'était peut-être la seule raison du veto que depuis le début elle opposait à mes visites. J'étais toujours aussi jaloux d'elle. Et si j'éprouvais avec Anna un plaisir que je n'aurais jamais pensé pouvoir éprouver avec Edith, eh bien, cela ne comptait pas. Quand elle tardait à rentrer, pris d'une soudaine jalousie, j'aurais voulu pouvoir chaque fois contrôler au téléphone. Je ne pouvais cependant l'appeler trop souvent, car je voulais en garder la possibilité pour plus tard, lorsque j'en aurais besoin, c'est-à-dire quand Anna rentrerait.

Et pourtant ! Anna resta à Los Angeles trois mois de suite, et moi j'appelais Edith à la banque continuellement. Parfois je la trouvais, et parfois non : dans ces cas-là, ses explications étaient toujours plausibles, ce qui ne m'empêchait pas de me mettre en colère; j'avais besoin de faire une scène. Un jour enfin, un vendredi soir, je me décidai à téléphoner à la banque alors que personne ne répondait plus, et à onze heures du soir Edith n'était toujours pas rentrée. Je ne savais plus quoi penser ni quoi faire. À ce niveau-là, ce n'était plus une question de jalousie. Si elle avait passé la soirée avec quelqu'un d'autre, c'était une raison de plus pour me téléphoner. Cela ne lui coûtait rien de le faire : elle savait qu'elle ne manquait jamais d'imagination pour les mensonges, et qu'elle les disait très bien, avec vivacité, avec impudence. Non, il devait lui être arrivé quelque chose, un accident de voiture.

À la pensée que cette explication était possible, et même probable, ma jalousie disparut complètement pour faire place à l'angoisse. Quel que fût l'homme avec qui elle était allée, quoi qu'elle ait fait, cela n'avait pas d'importance. L'essentiel était qu'elle soit indemne. Je téléphonai aux hôpitaux. Je téléphonai à la police. Rien. Et l'heure passait. De temps à autre je sortais sur la route vers le haut de la colline et je regardais le tournant, à deux cents mètres de là. Ceci non pas tant pour voir apparaître la Mustang, là-haut, et anticiper ainsi le seul événement qui pût m'apaiser, que mû d'une confiance irrationnelle en une espèce de magie : comme si de regarder vers le tournant m'avait donné la force d'évoquer la voiture, de la forcer à apparaître.

Je rentrais, je regardais l'heure. Attendre sans savoir combien de temps encore j'aurais dû attendre me semblait par moments insoutenable. Je sortais sur la terrasse donnant sur la baie. Je voyais briller les lumières bleues qui couraient le long des poutrages métalliques de Bay Bridge; l'immense clarté vaporeuse qui enveloppait les gratte-ciel de San Francisco; les feux rouges de Golden Gate; l'autre côté de la baie, face à moi, et la haute masse noire du Tamalpaïs qui se dressait si haut qu'il en effleurait les étoiles, avec à ses pieds les petites lumières tremblantes du bord de mer. Je voyais au milieu, dans ce grand espace vide, passer les fanaux des embarcations, tantôt lents et tantôt rapides, et leurs reflets sur l'eau. Je regardais autour de moi, tout près, les lumières éparses de Spruce : autant de petites villas semblables à la nôtre. Je voyais parmi le feuillage obscur des conifères les larges fenêtres de plain-pied des maisons les plus proches; chaque living-room brillait comme l'image tranquille d'une vie sans douleur. Je rentrais, je regardais l'heure.

160

J'éprouvai le besoin de prier. Nous n'avions pas d'images religieuses à la maison. Immobile, debout, entre les murs profanes de notre living-room, je dis à haute voix quatre *Ave Maria*. Je ne crois pas ? C'est bien possible. Mais est-il besoin de croire pour prier ? On prie, quand il n'y a plus rien d'autre à faire. Tout à coup, peut-être justement parce que j'essayais de me calmer, je me fis cette réflexion rageuse. Voilà, pensai-je : si l'on m'apprenait brutalement qu'Anna est morte, cela ne me ferait certes pas plaisir, mais je n'en éprouverais aucun désespoir, aucune douleur véritable. C'était une pensée sur laquelle on pouvait s'attarder calmement, sans horreur, et même – je le découvris – avec un secret cynisme. C'était comme si j'allais jusqu'à me dire : à quelque chose malheur est bon, si Anna n'existait plus je ne la désirerais plus, ce serait donc une délivrance. Tandis que la même hypothèse au sujet d'Edith ne m'effleurait pas. Je ne permettais pas qu'elle m'effleure.

Quelques instants plus tard, au bruit d'une voiture qui s'arrêta devant la maison, je sortis en courant : c'était elle, Cœur de Jésus, je vous remercie.

Ce n'était pas la Mustang, pourtant. Helena Poganyi et son mari, deux Hongrois, l'avaient ramenée dans leur voiture. Helena travaillait à la banque, c'était la directrice du département d'Edith. Je la connaissais bien. Elle était venue, avec son mari, aux rares *parties* que nous avions données à la maison. Une belle femme d'âge moyen, blonde, grasse, gaie, très cordiale. Les Poganyi devaient aller faire un tour ce jour-là à leur maison de campagne; ils possédaient des vignes de tokay dans Napa Valley, à Calistoga, et ils avaient invité Edith à venir avec eux. Elle avait laissé sa voiture devant la banque. Ils étaient partis tôt, avant trois heures. Edith m'avait téléphoné pour me prévenir, mais trop tôt : je n'étais pas encore rentré. Et après ? Eh bien, pour le moment, il n'y avait pas encore le téléphone dans leur campagne. Ils avaient travaillé, mis leur tokay en bouteilles, ils avaient mangé, bu, ri tout le temps. D'ailleurs ils riaient encore maintenant. Bref, le temps avait passé. Sur l'autoroute, il y avait déjà beaucoup de circulation, tous les gens qui rentraient de la campagne. Dans les snacks où ils s'étaient arrêtés, les téléphones étaient pris d'assaut, il fallait faire la queue…

J'étais trop heureux de revoir Edith saine et sauve, et sur le moment j'ai cru trop volontiers à tout ça. Et puis les Poganyi étaient si sympathiques. « Nous avons du jambon de Virginie, dis-je, et des knedliky tout prêts. Edith les a faits hier soir, il n'y a qu'à les réchauffer ! » C'est moi-même qui ai eu l'idée de ce dîner sur le pouce et qui les ai priés de rester, puisque c'était la veille d'un samedi. Lui retourna aussitôt à la voiture prendre deux bouteilles de tokay.

Ce n'est que le lendemain qu'il me vint des doutes. C'était peut-être le fait que l'excuse d'Edith fût si bien échafaudée et si ostensiblement vraisemblable qui la rendait justement moins crédible que les autres fois. Helena m'apparut soudain sous une lumière nouvelle. C'était exactement le type de femme débonnaire d'Europe centrale, très *Belle Époque*, qui aurait eu assez de légèreté pour accepter d'être complice d'un flirt extra-conjugal. Son mari était beaucoup plus vieux qu'elle : avec ses moustaches et son air ébahi, il était manifestement sous la coupe de sa femme.

Comment savoir si, peu avant d'arriver à Spruce, ils n'avaient pas déposé le collègue d'Edith qui était précisément son ami, ou du moins son soupirant ?

Oh ! la plainte enfantine, déchirante, que j'entendis quelques nuits plus tard ! Edith, à côté de moi, pleurait dans son sommeil. Elle pleurait, se lamentait, tenait des discours désespérés et incompréhensibles d'une petite voix frêle, douce, très tendre, comme une toute petite fille abandonnée dans un endroit désert et effrayant.

Deux fois déjà, à Willimantic, je l'avais entendue rêver et se plaindre de cette petite voix pleine d'un chagrin mystérieux. Elle s'était ensuite réveillée en haletant : elle avait fait un mauvais rêve mais elle ne s'en souvenait pas, ou elle ne voulait pas s'en souvenir devant moi. Je m'étais dit alors qu'elle avait dû éprouver, étant petite, une épouvante atroce, peut-être subi une violence qu'elle ne pouvait même pas m'avouer.

Cette fois encore elle respirait difficilement en se réveillant. Elle me chercha, jeta ses bras autour de mon cou en sanglotant, et finalement s'abandonna sans retenue à ses larmes. Son cœur battait très fort, je le sentais contre le mien.

– Je suis là, lui dis-je, je suis là, ma chérie, n'aie pas peur. Ma chérie, ne pleure pas, ce n'est rien.

– Non, mon chéri, je n'ai plus peur.

Peu à peu, ses sanglots se faisaient moins violents. Maintenant elle était calme. Et nous avons fait l'amour. Et ça a été comme la première fois.

Il lui resta comme ce jour-là une larme enfantine au coin de ses yeux pervenche.

Je suis comme tu le dis et je suis pour toi, avais-je envie de lui dire, sans me souvenir qu'à New York j'avais pensé quelque chose de semblable avec Anna.

Qu'Edith ait ou non un autre homme dans sa vie, et que cet homme soit ou non quelqu'un de la banque, je comprenais dans la profondeur de mon émotion que, plus encore que ses fâcheries et que ses justes reproches, c'étaient ses larmes innocentes qui me « maintenaient en contact avec la réalité ».

11

Le 11 octobre 1968 je devins citoyen américain. Cinq ans avaient passé depuis notre arrivée à Berkeley, et Anna nous avait rejoints depuis deux ans et demi. Anna en combinaison sur le lit de la chambre d'ami fut le début d'une longue période déchirée, tourmentée, infernale mais fermée sur elle-même, immobile, sans risque d'un changement qui aurait amené le malheur parmi nous, ou peut-être au contraire la sérénité puisqu'il aurait du moins mis fin à cette situation. C'était le destin qui avait voulu cela. Si Anna avait eu un travail stable à San Francisco et avait habité tout le temps avec nous, quelque chose d'irréparable aurait fini tôt ou tard par arriver. Mais ses déplacements continuels, ses présences et ses absences alternant d'une façon irrégulière, pendant des jours, des semaines ou des mois, tout cela faisait finalement que le sortilège de sa grande personne était toujours vivant. Je n'en sentais jamais autant la chaleur charnelle entre les murs de la maison que pendant son absence, à partir du moment de son départ jusqu'à celui de son retour. Jamais je ne comprenais autant l'extrême importance qu'elle avait pour moi que lorsqu'elle disparaissait pour réapparaître ensuite. Il me semblait presque miraculeux, quand elle était là, que je puisse la voir, la sentir proche, respirer son parfum, rencontrer brusquement et involontairement ses yeux marron, maternels : alors, de peur qu'Edith ne remarque quelque chose de différent chez moi, je m'efforçais de cacher sans cesse mon état d'esprit. Je dissimulais ma béatitude, je gardais les yeux baissés, ou même je les fixais sur Edith plus longtemps que lorsqu'elle était seule avec moi. À table, il se passait la chose suivante : j'étais assis entre elles deux, je ne me disputais plus avec Edith, et je n'éprouvais plus à son égard cette irritation névrotique qui m'angoissait tellement et qui l'agaçait tout autant. Je l'ai déjà dit : j'éprouvais du plaisir à voir et à entendre Anna manger. Au lieu de m'offenser, ce bruit me plaisait. Cette jouissance était si pleine qu'elle compensait l'irritation, qu'elle effaçait l'agacement que me causait Edith pendant ce temps. Au point qu'aujourd'hui, je suis tenté d'inverser la structure de mes réflexions : avoir du plaisir à manger près de quelqu'un qu'on aime peut être le signe qu'on ne l'aime pas assez, souffrir de manger à côté de lui peut être le signe qu'on l'aime trop. N'en déplaise aux féministes, je pense que cette idée ne s'applique pas aux femmes. Elles ont de la chance ! En concevant, en mettant au monde, en portant neuf mois dans leur corps un autre corps, elles sont et seront toujours à l'abri de ces aversions si douloureuses, de ces idiosyncrasies.

Le jour où la citoyenneté me fut octroyée tomba un vendredi. Anna se trouvait à Berkeley avec nous, et Edith avait obtenu un congé de la banque. Nous avions décidé de fêter l'événement : *to celebrate*. Anna et Edith m'ont accompagné à San Francisco, au City Hall, pour une très simple cérémonie. Puis nous sommes revenus à la maison. Un déjeuner spécial nous attendait, préparé la veille au soir. Tous mes plats préférés : les knedliky tchèques d'Edith; l'espadon à la sicilienne d'Anna, avec une sauce marinière. Et comme je le souhaitais, il n'y avait pas d'invités, à part Jack et sa femme, qui cependant ne devaient venir qu'au café.

Un déjeuner très gai : sous l'effet du meilleur chablis de Californie, nous étions tous les trois un peu gris. Tout à coup, vers la fin, Edith quitta la table en disant qu'elle avait mal à la tête : elle avait envie de s'allonger. Elle alla au fond, dans notre chambre. Cela lui arrivait parfois : nul besoin de s'inquiéter, donc. Sinon qu'elle était cramoisie, les pommettes tachetées d'un rouge qui ne lui était pas naturel, elle toujours si pâle, d'un rose presque blanc. Peut-être avait-elle trop bu. J'avais sans doute trop bu moi aussi, et en repensant à la rougeur d'Edith un doute rétrospectif m'assaillit. Je craignis d'avoir commis une faute, une imprudence. Dès que je fus seul avec Anna, je lui chuchotai :

– J'ai dit quelque chose que je n'aurais pas dû dire ? Je t'ai trop regardée ?

– Non, absolument pas. Qu'est-ce que tu vas te fourrer dans la tête ? Calme-toi. Elle ne se sent pas très bien, voilà tout. Maintenant, avec une citronnade bouillante, tu vas voir que ça va passer tout de suite.

Et elle se rendit à la cuisine pour préparer la citronnade. Seul, devant ma glace vanille-fraise-chocolat (mon dessert préféré), je terminai distraitement. Il se produisait un phénomène que je connaissais déjà. De même que la présence fascinante d'Anna effaçait tout l'ennui que me causait parfois Edith, de même il suffisait d'une petite indisposition d'Edith pour effacer à mes yeux tout le charme d'Anna.

Celle-ci reprit sa place à côté de moi. Elle plongea sa cuiller dans sa glace en silence. Toujours en silence, je me levai et j'allai au fond voir Edith.

Elle allait déjà mieux, et elle souriait. Je me penchai sur elle :

– Ce n'est que la deuxième fois que je t'embrasse en tant que citoyen américain…

– O.K. Mais… maintenant retourne là-bas, je veux me reposer encore un peu.

Quand Jack arriva, Edith nous rejoignit aussitôt. Elle avait changé de robe, et elle avait retrouvé sa belle pâleur à peine rosée.

Anna partit le lendemain, et nous ne la revîmes qu'en décembre. Un soir, en revenant de l'Université, je la trouvai en train de prendre le thé avec Edith. Les deux amies bavardaient comme des pies, assises l'une à côté de l'autre. Edith avait une surprenante nouvelle à nous apprendre.

Le jour même, la banque l'avait chargée d'une mission en province pour une semaine ! Cinq jours ! Elle devait faire le tour de quelques agences, un contrôle.

Je sentis le souffle me manquer; le sang me battait aux tempes. Je regardai ailleurs pour ne pas voir Anna. Je fis un effort énorme pour rester calme : quand je m'aperçus que je n'y arrivais pas, je passai mes nerfs sur la banque, je dis que j'en avais assez, et je téléphonai aussitôt à Helena.

Helena, étonnée, m'expliqua que c'était une bonne chose pour Edith : a great opportunity, une mission de confiance, etc. Je compris qu'il serait absurde de m'y opposer.

– Qu'est-ce qu'il y a ? dit Edith en riant. Tu as peur de rester seul avec Anna ? Tu as peur qu'elle te séduise ?

– Fais attention, Edoardo, je suis irrésistible ! dit Anna. Tu ne me connais pas encore ! Je suis une vraie vamp !

Et Edith :

– Je vous téléphonerai chaque soir de l'endroit

où je serai, et je vous parlerai à l'un et à l'autre pour contrôler ! Gare, j'ai un sixième sens !

Bref, nous avons fait là-dessus une quantité de plaisanteries. Et le lundi matin Edith était partie.

Il n'y avait rien qu'Anna et moi désirions davantage. En l'espace de trois ans nous avions fait l'amour souvent, mais, chaque fois, avec angoisse, pendant quelques minutes seulement. Et le plaisir que nous avions connu à New York nous semblait maintenant un songe lointain.

Ce lundi soir j'arrivai à la maison avec un cadeau pour Anna : un symbole de peu de valeur, quelque chose qu'elle aurait pu acheter n'importe où. Mais c'était un sac, et il contenait la réalité qu'elle désirait, une somme non négligeable en dollars. Ensuite…

Ensuite nous avons fait et nous nous sommes dit tout ce que nous n'avions jamais pu faire ni dire.

Nos nuits commençaient à six heures et duraient jusqu'à l'aube. Je ne dormais guère plus de trois heures. Anna restait au lit jusqu'à midi, et même plus tard, elle n'avait de comptes à rendre à personne.

Edith téléphonait chaque soir à neuf heures, ponctuellement. Elle téléphonait chaque fois d'un endroit différent, un jour ici et l'autre là, de petites villes ou de villages dont je n'avais jamais entendu parler. Et elle ne voulait jamais me donner le numéro de téléphone de son hôtel. Elle disait qu'elle ne le connaissait pas, que ce n'était pas la peine que je le sache, et même qu'elle ne le voulait pas : elle était fatiguée, elle avait travaillé toute la journée et elle allait se coucher tout de suite.

– Tu as la manie du téléphone, et je ne veux absolument pas être dérangée !

Cela me donna du souci. Et si elle revenait à l'improviste et qu'elle nous trouve au lit ? Anna me dit d'un ton sérieux qu'elle prendrait toute la responsabilité sur elle. Elle était certaine – absolument certaine – qu'Edith ne mentait pas :

– Si Edith avait le moindre doute à notre sujet, ou même simplement sur toi, je le saurais, parce que je l'ai aidée à faire ses bagages et que j'ai regardé partout dans les tiroirs.

Je ne comprenais pas.

– Je veux dire qu'elle n'a pas de revolver sur elle, et qu'elle n'en a pas non plus caché un ici dans la maison.

– Un revolver ? C'est donc ça que tu ne m'avais pas dit ! La chose terrible qu'elle a faite à dix-sept ans à un garçon qu'elle avait trouvé avec une autre ?

– Oui, elle a tiré sur lui... oh ! en faisant bien attention à ne le blesser qu'au bras. Elle ne lui a rien fait, en somme. Mais c'est vrai qu'elle a tiré sur lui. Je n'y étais pas. Ces jours-là je n'étais même pas à Willimantic, j'étais chez mes cousins à Boston. Sinon, ça ne serait pas arrivé. Elle aurait commencé par s'en prendre à moi. Je lui sers de paratonnerre, quand la folie la prend !

– Et si c'était elle qui me trompait ?

Pour la première fois je pouvais parler de mes soupçons à Anna : du fait qu'à mon avis Edith avait un ami à la banque.

Non, selon Anna c'était impossible.

– Je le saurais. Elle me raconte tout, dans les moindres détails. Et si pour une raison quelconque elle me cache quelque chose, c'est comme si elle me le disait : je devine aussitôt.

J'avouai alors carrément à Anna que cette histoire de travail confié par la banque ne me paraissait pas convaincante. Je sentais qu'il y avait quelque chose là-dessous. Elle qui en savait

tant, elle devait aussi savoir la vérité ? Où donc
était allé Edith ? Comme le jour de la promenade
aux vignes de tokay, c'était Helena qui l'avait
aidée, non ? Qu'elle ait un ami parmi ses collègues, ce n'était de ma part qu'un simple soupçon.
Mais que son absence d'une semaine cachât
quelque chose qu'elle ne voulait pas me dire,
j'en étais aussi sûr que si elle me l'avait avoué.
Au téléphone, Helena avait réagi trop rapidement : c'était une histoire montée à l'avance. Je
croyais entendre d'ici les recommandations
d'Edith : « Tu sais, Helena, il va te téléphoner
aussitôt, et il faudra que tu lui dises ceci et
cela... » Ou encore... ou encore le travail qu'on
lui avait confié était bien réel effectivement, mais
elle ne faisait pas cette mission d'inspection toute
seule, elle la faisait en compagnie de l'amoureux
qu'elle avait à la banque depuis Dieu sait combien
de temps ! Voilà la vérité, tout simplement.

Et j'avouai à Anna une autre idée qui m'était
venue à l'esprit : j'avais peut-être tort de me
faire tant de souci. Il fallait au contraire que je
saute sur l'occasion. Si Edith aimait un autre
homme, quel que soit cet homme, pourquoi ne
pas en profiter, tous les deux ?

– Nous deux ? Qu'est-ce que j'ai à voir là-
dedans ?

Je pensais qu'Anna me comprendrait. Nous
étions au lit, dans le noir, après avoir fait l'amour
longtemps. Je lui expliquai en tremblant :

– Mais si : d'abord Edith et moi nous nous
séparons... Puis, nous divorçons... Alors... alors
nous pourrions même nous marier, tous les deux.

Anna se taisait.

– Qu'y a-t-il ? demandai-je. Tu ne veux pas ?

Anna se taisait toujours.

– Anna, si nous étions libres, toi et moi, si
nous étions libres d'une façon ou d'une autre,
libres de disposer de nous... si tu n'étais pas sa

meilleure amie... et s'il arrivait quelque chose...
Nous pourrions vivre ensemble sans même nous
marier. Mais alors c'est moi qui voudrais
t'épouser, pour te donner la preuve que je
t'aime.

— Tu m'aimes ? a-t-elle dit, je crois, en souriant
dans le noir.

Je sentis sa main lisse, longue, légère, se poser
sur ma poitrine nue. Puis, de sa voix basse et
tranquille, elle me dit gravement :

— Edoardo, tu ne crois peut-être pas que je
t'aime... non, tais-toi pour l'instant. Tu ne crois
peut-être pas que je t'aime. Mais en fait c'est
toi qui crois m'aimer alors que tu ne m'aimes
pas, ou du moins pas comme tu te l'imagines.
Je connais Edith, mais je te connais aussi, maintenant. Je te plais, je le sais. Je te plais plus
qu'Edith. Tu fais l'amour avec moi comme tu
ne l'as jamais fait avec personne. Et de toute
façon jamais avec Edith. Qu'est-ce que tu crois ?
Qu'Edith ne me l'a pas laissé entendre ? Mais
moi je te plais seulement pour faire l'amour, et
pas pour autre chose.

— C'est important, c'est la chose la plus...

— C'est ce que c'est, mais ce n'est rien de
plus. Il y a des foules de choses plus importantes.
Ce n'est pas moi que tu aimes. C'est Edith. Mais
elle t'aime plus que tu ne l'aimes.

— Ça, j'en doute ! À Willimantic, par exemple,
je l'ai prise sur le fait plus d'une fois, et elle
me l'a avoué elle-même. Tu savais ça aussi, toi
qui sais tout ?

— Oh ! à Willimantic c'était au début... et puis,
les infidélités, ça ne compte pas beaucoup.
Regarde, tu me dis une chose que je sais
absurde : tu me dis que si Edith en aimait un
autre, si elle consentait à divorcer... mais tu me
dis aussi : si nous étions libres, s'il arrivait
quelque chose... Eh bien ! oui, j'y ai pensé aussi,

quelquefois. Mais tu sais ce que j'en conclus, chaque fois ? Essaie de deviner ?

– Que tu ne voudrais jamais vivre avec moi ? C'est ça que tu en conclus ?

– Non, c'est autre chose. C'est plutôt une impression, et je ne sais pas d'où elle me vient. L'impression que si tu divorçais d'avec Edith... ou si Edith n'existait pas, ou si elle n'avait jamais existé, tu ne m'aurais même pas regardée.

– Ne dis pas de bêtises. Tu sais ce qu'a été pour moi le simple fait de te voir !

– Oui, je t'ai plu tout de suite. Et c'est tout. Tu aurais essayé de coucher avec moi. Et c'est tout.

– La première fois que je t'ai vue, à l'église, je me suis retourné, et ça a été...

– Comment dit-on... – de nouveau je sentis qu'elle souriait dans le noir – comment dit-on en français ?

– Le coup de foudre.

– Oui, peut-être. Mais tu étais là, agenouillé avec Edith. Si au lieu de cela tu m'avais vue dans un restaurant, au cinéma, dans un avion, ou sur la route, ç'aurait été un coup de foudre... moins fulgurant.

Elle me laissa protester quelques instants, et admit enfin, toujours sur ce même ton amer :

– Oui, tu as peut-être raison, je suis faite pour toi et tu es fait pour moi. Mais encore une fois, uniquement pour faire l'amour. Et malheureusement, tout le monde sait bien que ça ne suffit pas. Tu es fou et tu ne le sais même pas. Ou alors tu es un égoïste qui s'amuse à faire semblant d'être fou. Toi, dans ton cœur, tu n'aimes qu'Edith de même qu'elle n'aime que toi. Du reste, un jour ou l'autre, vous aurez un enfant, vous en désirez un tous les deux. Ne mens pas, je le sais. Vous vous disputerez toujours, mais d'une certaine façon vous serez heureux. Et moi, de mon côté, de toute manière... Je veux dire même si la situation entre Edith et toi était différente... Je ne te l'ai pas encore dit, à toi; Edith le sait depuis pas mal de temps, et Rubinstein, en me téléphonant l'autre jour de Miami, me l'a encore confirmé : il faut que je m'en aille bientôt, ma base sera à Los Angeles, parce que maintenant je vais faire aussi le Nouveau-Mexique et le Texas. Ensuite, il est très probable qu'au bout d'un mois ou deux j'irai à New York, c'est du moins ce que m'a dit M. Rubinstein. Et New York a toujours été mon objectif, depuis le début. Tu as compris, mon grand, mon éternel amour ?

— Non, je n'ai pas compris, dis-je en me mettant à l'embrasser et à la caresser comme j'en éprouvais maintenant un urgent, un poignant, un délicieux besoin : et pourtant je savais qu'elle avait raison.

12

Le vendredi soir, Edith revint incroyablement chargée de cadeaux pour Anna et pour moi. Il y avait de tout. Pour moi des cravates, des ceintures, des bottes de cow-boy, des taille-crayons, des bouteilles de zinfandel. Pour Anna des châles mexicains, des fleurs artificielles, des crèmes de beauté, des colliers de jade, un coussin brodé, et aussi un sac.

— Ça alors, quelle coïncidence ! s'écria Anna. Pour me remercier de lui avoir fait la cuisine, Edoardo m'a offert exactement le même. Regarde. Il n'y a que la couleur qui soit différente. Le tien marron, et le sien vert.

Je n'avais jamais vu Edith aussi contente ni

aussi excitée. Une excitation bizarre. Peut-être avait-elle compris que je ne croyais pas à son voyage. Voulait-elle, avec tous ces cadeaux, m'en donner des preuves tangibles ? Elle fit dégringoler sur la table tout un tas de dépliants : restaurants, hôtels, boîtes de nuit, petits musées, forêts centenaires transformées en parcs publics.

— Je vois que tu t'es bien amusée, dis-je.

— Terriblement. Si seulement je pouvais faire des voyages comme ça tous les mois ! Tu dis toujours que les States sont pareils partout. Mais ce n'est pas vrai. Nous avons une grande diversité de paysages, comme en Italie, comme en Europe !

— Alors, ce n'était pas vrai que tu allais te coucher tous les soirs à neuf heures. C'est pour ça que tu ne voulais pas me donner le téléphone des hôtels où tu étais !

— Tu sais que ça ferme à cinq heures et demie, les boutiques ? Le reste aussi, d'ailleurs !

— Les boîtes de nuit aussi ?

— Je n'ai pas mis les pieds dans une seule boîte. Tout ça je l'ai pris sur les tables des hôtels. C'était la publicité des établissements du coin.

Tout en mangeant, buvant, fumant, elle raconta ce qui lui était arrivé, exactement comme faisait Anna quand elle revenait de ses tournées. Et maintenant c'était elle qui parlait, et Anna qui écoutait, heureuse de la voir si gaie.

Au début j'en étais heureux aussi. Je me sentais rassuré. Puis le fait même qu'elle ait tant de choses à raconter éveilla de nouveau mes soupçons. Il y avait dans sa bonne humeur une vitalité excessive qui sonnait faux. Cela m'effraya. En l'observant plus attentivement, je m'aperçus qu'elle avait un visage fatigué, creusé, et les pommettes rouges, un peu comme l'autre fois. En regardant Anna, qui semblait l'écouter avec tant d'amusement, je surpris soudain sur son visage une tout autre expression : elle avait un air sérieux, préoccupé.

Qu'était-ce donc qui avait mis Edith dans un tel état d'excitation ? Pour moi c'était clair : le jeune collègue avait fait le voyage avec elle, et l'escapade avait mal tourné. Déçue et mécontente d'elle-même, Edith réagissait à sa façon, avec son courage et son orgueil habituels.

Au lit ce soir-là, je fis l'amour avec Edith sans penser à Anna pour la première fois depuis un temps immémorial. J'étais jaloux, et je désirais peut-être Edith un peu comme je désirais Anna : une femme qui a d'autres hommes, à ceci près que je ne m'étais jamais senti jaloux d'Anna. Je crois même qu'à un moment, en faisant l'amour, une allusion ambiguë à ce que j'avais en tête m'échappa : « Tu as fait l'idiote, hein ? Dis-le-moi, maintenant, ce que tu as fait ! »

Mais Edith se taisait. Je la sentais lointaine, fermée sur elle-même, comme obsédée par une idée fixe, un secret. Elle s'endormit aussitôt. Je demeurai éveillé longtemps sans parvenir à me calmer. Mais que pouvais-je lui dire ? Comment lui faire des reproches ? Ah ! si j'étais à ce point jaloux alors même que je me savais aussi coupable, Anna n'avait-elle pas raison de me dire que je n'aimais pas assez Edith et elle, Anna, encore moins ? Il était peut-être faux qu'Edith soit allée avec un autre. Plus je pensais à son récit, à ses cadeaux, et à sa joie, plus je trouvais qu'ils manquaient de naturel. Ils avaient quelque chose d'inexplicable, d'effrayant même.

Nous avons passé tout le week-end sans bouger de Spruce : un moment d'attente, de calme et d'apaisement dans l'atmosphère surchauffée qu'avait créée Edith, et qui se mêla aussitôt, au petit déjeuner du lendemain, à un profond et soudain malaise. Ce fut une phrase d'Edith qui le provoqua : toujours avec le même entrain forcé – ou qui du moins paraissait tel –, Edith regarde soudain Anna assise en face d'elle, me regarde, et dit :

– Ça doit être parce que je suis morte de fatigue, mais je n'ai jamais aussi bien dormi que cette nuit. C'est curieux, non ? Vraiment, très curieux.

Et elle part d'un grand éclat de rire.

– Pourquoi très curieux ? demande Anna sans méfiance.

– Parce ce que si tu avais eu envie de faire l'amour avec lui, tu aurais pu le faire dans ton petit lit, même si tu as grossi ces derniers temps !

Nous nous mîmes à rire nous aussi. Que pouvions-nous faire d'autre ? Nous riions tous les trois comme des fous, à perdre haleine. Anna rit beaucoup mieux que moi. Enfin, entre deux hoquets, elle parvint à dire :

– Mais toi, comment le sais-tu ?

Et Edith aussitôt :

– Eh bien, tu aurais pu prendre un bon bain avant.

– J'en ai pris un.

– C'est curieux, on sentait ton parfum.

– C'est moi qui te l'ai mis, hier soir, à force de t'embrasser, tellement j'étais contente de te revoir.

– Si c'est vrai, c'est bien trouvé, Anna.

– Mais je t'ai toujours dit que j'étais une excellente actrice !

La conversation continua sur ce ton jusqu'au moment où, à notre grand soulagement, nous parlâmes d'autre chose.

Naturellement, Anna et moi avions pris garde de ne pas commettre d'erreur aussi enfantine. Nous n'avions dormi dans le grand lit que la première nuit. Puis nous avions changé et lavé les draps, et les autres nuits nous avions fait l'amour dans le petit lit d'Anna. Je prenais une douche avant de retourner dormir dans ma chambre, à l'aube. Était-il possible qu'Edith ait senti le parfum d'Anna ? Ou bien n'avait-elle qu'un soupçon et nous mettait-elle à l'épreuve pour voir ce que nous allions répondre ? Ou encore était-ce tout simplement une plaisanterie ?

Aujourd'hui encore, je serais incapable de le dire. Même avec le temps, je n'ai jamais pu commenter avec Anna ces quelques minutes d'épouvante. Pourtant, au cours des journées qui suivirent, j'en ressentais une sorte de malaise. Un malaise qu'Anna éprouva peut-être pendant toute la période qu'elle passa encore chez nous avant de s'installer définitivement à Los Angeles. Un malaise, une souffrance qui brusquement se compliqua.

Au début de la nouvelle année scolaire, Shirley, mon ancienne assistante de recherche à Storrs, avait passé son agrégation et obtenu une chaire à l'université de Standford, de l'autre côté de la baie, au sud de San Francisco. La plaisanterie tragi-comique d'Edith me suggérait de mettre encore plus en doute l'innocence de son « voyage bancaire » et attisait à son tour ma jalousie. Deux jours plus tard, je rencontre Shirley à la bibliothèque de Berkeley, et je bavarde quelques minutes avec elle. Point final. Mais le soir, poussé par un besoin de vengeance assez vaniteux, j'informe tout à coup Edith que j'ai revu Shirley.

– Ah ! Shirley, cette putain ?

Anna ne réagit pas assez vite pour l'arrêter, ni moi pour esquiver le coup : Edith me jette un verre à la tête, m'atteignant à la tempe; il lui suffit d'un instant pour comprendre qu'elle m'a à peine égratigné, et elle continue :

– Tu crois peut-être que je ne te connais pas,

au bout de six ans ? J'étais sûre, tu entends, certaine que tu aurais fait des conneries. Pas avec Anna, bien sûr ! Mais maintenant c'est bien clair !

Je saignais un peu : tout en m'essuyant avec mon mouchoir, je niais en riant. Edith paraissait absolument convaincue que j'avais couché avec Shirley, et elle continuait à nous injurier, elle et moi. Et moi je riais de soulagement : sans le vouloir, j'avais détourné sur Shirley les soupçons d'Edith ! Anna au contraire se lève, boit lentement un verre d'eau. Puis, sérieuse, rigide, comme si elle s'efforçait de dominer une indignation soudaine, elle articule :

– Je m'en vais.

– Et où vas-tu ? demanda Edith, soudain très calme.

– Nulle part, je m'en vais. Je fais mes valises et je m'en vais. De toute façon, c'est fini. Que ce soit une semaine plus tôt ou plus tard, maintenant ma place est à Los Angeles.

– Tu pars tout de suite pour Los Angeles ?

– Non, parce que j'ai encore des choses à faire ici pendant quelque temps. Je vais à l'hôtel, ici ou à San Francisco. Il vaudrait mieux que ce soit à San Francisco.

– Mais pourquoi ? On avait décidé que tu restais ici jusqu'à la fin. Pourquoi as-tu changé d'avis ?

– Pourquoi ? Parce que ces scènes me font mal. De toute façon, pour l'instant je sors. Je vais chercher un hôtel pour demain. Je m'en vais demain. D'accord ?

– Non, pas d'accord.

– Je regrette pour toi et pour Edoardo, mais c'est comme ça. So long.

– Laisse-la, elle ne parle pas sérieusement, me souffle Edith, en me regardant avec douceur, comme si elle avait tout oublié. Il faut la comprendre et la plaindre. Ce qui ne va pas, là-dedans, c'est Vaclav.

– Vaclav ? Je croyais que tout était fini depuis longtemps !

J'étais stupéfait. Les colères d'Edith duraient peu, mais celle-ci était la plus brève de toutes.

– Tu vois, m'expliqua-t-elle, moi je sais qu'elle est encore amoureuse de Vaclav. Mais son problème pour l'instant, c'est de se sentir seule dans la vie.

– J'ai l'impression qu'Anna a tous les hommes qu'elle veut.

– Il ne s'agit pas de ça.

– Je comprends. À t'entendre, elle dit que nos scènes lui font du mal parce qu'elle, elle n'a même pas ça ?

– N'en fais pas tout un roman, à présent. Elle nous envie, c'est tout. C'est une idiote.

Anna revint à minuit et nous trouva assis devant le poste de télévision. Elle souriait. Souriante elle aussi, Edith lui demanda si elle avait trouvé un hôtel.

– Je suis allée au cinéma, répondit-elle.

Je me suis demandé plus tard la véritable raison de cette étrange sortie d'Anna. Peut-être l'interprétation d'Edith était-elle juste. Mais en même temps, il est possible qu'il y ait eu là un certain calcul de sa part.

Dès l'instant où Edith avait parlé de Shirley, j'avais montré un soulagement trop rapide et trop évident par rapport à sa colère : après tout, elle aurait pu m'arracher un œil ! Peut-être Anna craignait-elle, si elle se montrait au même moment aussi détendue que moi, de donner à Edith une preuve supplémentaire de notre infidélité. C'est sans doute pourquoi elle avait choisi de lui donner la preuve du contraire, comme si elle lui disait : « Tu vois que moi je m'en fiche, d'Edoardo, de toute façon ça ne me fait aucun plaisir que tu te disputes avec lui pour Shirley, je n'ai rien à te cacher, moi ! » C'était un calcul juste et à bon compte : sans aller jusqu'à penser que nous avions couché ensemble, Edith aurait pu la soupçonner d'éprouver un certain sentiment pour moi.

Les deux amies avaient donc fait la paix, Anna resterait avec nous jusqu'à la fin, mais à partir de ce soir-là rien ne fut plus comme avant entre elle et Edith. Elles plaisantaient rarement, et il y avait de longs silences entre elles. Jusqu'à ce samedi matin, quinze jours avant qu'elle n'aille s'installer définitivement à Los Angeles, où je me réveillai en me sentant pour Anna un irrésistible désir. Nous n'avions pas fait l'amour depuis longtemps, pas même dans les pires conditions. Son départ approchait, et je voulais l'avoir une fois encore. Après, Dieu seul sait quand nous en aurions de nouveau l'occasion !

Le samedi matin : un programme fixe, rituel. À onze heures, Edith était toujours sortie. Elle était au supermarché, où comme bon nombre d'Américains elle faisait les courses pour la semaine. Moi, de dix heures à une heure, j'étais à l'Université. Je recevais chaque semaine un nouveau groupe d'étudiants qui voulaient préparer leur thèse sous ma direction : nous discutions et nous décidions du choix du sujet. Anna, pendant ce temps, dormait au moins jusqu'au retour d'Edith.

À onze heures moins le quart, ce samedi matin, après avoir expédié mes deux premiers étudiants, je renvoie les autres au samedi suivant en leur disant que j'ai un rendez-vous imprévu. Mon plan était très précis : réveillé tôt, j'étais resté au lit sans bouger et j'avais eu tout le loisir d'y réfléchir pendant qu'Édith dormait à mes côtés. Un plan parfait, mais improvisé. Trop tard pour prévenir Anna. Inutile, du reste, que l'idée m'en vienne avant : il m'était désormais impossible de lui parler.

Tout se déroulait comme prévu. Du campus je vais à Shattuck, dans le centre de Berkeley, où se trouve la station de taxis. Je laisse ma voiture là, et je me rends à Spruce en taxi : mais je renvoie le taxi avant le tournant et je continue à pied. J'arrive à la maison.

La maison était entièrement de plain-pied, mais construite sur la pente. L'entrée se trouvait au niveau de la route. De l'autre côté, en dessous du niveau de la route, un grand garage coïncidait en partie avec les fondations. Un large sentier goudronné montait parmi d'épais buissons de pittosporums, et en contournant la maison on rejoignait directement l'entrée qui donnait sur la route.

En arrivant, je vois de loin que la Mustang n'est pas garée devant l'entrée. Je descends par le sentier jusqu'au garage, pour constater qu'il ne contient que la voiture d'Anna. Edith, suivant son horaire, est au supermarché. Je remonte, je pénètre tout doucement dans la maison, je me rends dans la chambre d'Anna.

Elle est encore au lit, mais réveillée.

– Je ne faisais pas de bruit, je croyais que tu dormais.

– C'est le bruit de la Mustang dans la côte qui m'a réveillée. J'ai couru à la fenêtre et j'ai vu qu'elle tournait pour aller au supermarché. À la façon dont tu me regardais hier soir, j'ai compris que tu viendrais.

– Je ne me suis décidé que ce matin, au réveil.

– Alors, je le savais avant toi.

Elle m'ouvre les bras. Je me penche sur elle, je l'embrasse...

Soudain j'ai peur. Mon plan n'était pas prévu comme ça. Je me lève :

– Non, ça pourrait être dangereux, on ne sait jamais. Habille-toi vite et viens en bas. Je t'attends dans le garage.

– Ah bravo ! c'est le meilleur moyen pour qu'Edith arrive et nous surprenne.

– Non, toi tu ne le sais pas parce que tu dors le samedi matin. Quand elle revient du marché, elle s'arrête là, devant, pour ne pas avoir à monter la côte à pied avec les sacs de commissions. J'y vais. Dépêche-toi.

Étendu sur le lit de camp, j'attends longtemps dans le cagibi du garage. Anna n'arrive toujours pas.

Je décide d'aller à sa rencontre, de voir ce qui se passe. Mais dès que je sors du cagibi, j'entends une voix que je connais, celle d'Anna. Elle parle fort. À qui parle-t-elle ? Je n'entends aucune autre voix. Elle est peut-être au téléphone. Je monte, en me cachant instinctivement au milieu des buissons. Quand je parviens au niveau de la route, voilà une voiture qui arrive. C'est la Mustang. De ma cachette, tout près, je vois parfaitement la scène. La Mustang s'arrête devant la porte d'entrée, mais c'est un jeune garçon qui en descend. Je le connais, c'est le neveu de M. Rowe, notre voisin. Presque aussitôt, Anna sort de la maison en robe de chambre. Le garçon extrait de la voiture les sacs du super-marché, les donne à Anna, et dit :

– Want me to put the car back in the garage ? Il faut que je mette la voiture au garage ?

– No, leave it there. Thanks, dit Anna : Non, laisse-la ici, merci.

Où était Edith pendant ce temps ?

Naturellement, je ne retourne pas au garage. Toujours en passant derrière les buissons, je rejoins la route à pied et je retourne à Shattuck. Cela me demande trois quarts d'heure. Je vais à l'Université avec ma voiture, et je téléphone de mon bureau. C'est Anna qui répond. Elle parle d'un ton ferme. Elle dit qu'Edith s'est réveillée avec un très fort mal de tête.

– Elle a envoyé le neveu de M. Rowe au marché. Maintenant elle va beaucoup mieux. Le Dr Keefe est venu. C'est moi qui l'ai appelé, il est là en ce moment. Il vient de l'examiner, il dit que ce n'est rien. Elle a de la fièvre, mais il pense que ce n'est rien.

– J'arrive tout de suite; comme ça, s'il faut aller à la pharmacie... Demande au docteur de m'attendre, de toute façon.

Donc à onze heures Edith était à la maison. Elle pouvait avoir entendu. Elle m'avait peut-être entendu parler avec Anna, même si sa chambre est séparée de la nôtre par la salle de bains. Dans ce cas...

Non. Elle était trop sereine quand quelques minutes plus tard elle m'a vu entrer dans sa chambre. On aurait presque dit qu'elle allait bien, à part ses yeux : ils étaient très brillants et semblaient beaucoup plus grands. Ce n'était pas son regard habituel, plein d'une mystérieuse mélancolie, même quand elle est gaie, pas son regard doux et méfiant. De la fièvre ? Pourquoi de la fièvre ? Mais elle n'était pas très forte. Le Dr Keefe m'a rassuré. De toute façon, il valait mieux qu'elle reste au lit. Il fallait faire des analyses tout de suite. Lundi, il enverrait quelqu'un pour effectuer des prélèvements. Il m'a donné son ordonnance, je suis allé à la pharmacie, je suis revenu. Edith m'a expliqué tranquillement qu'elle ne s'était pas senti la force d'aller au marché. Elle avait appelé M. Rowe, et elle avait donné à son neveu la liste des courses à faire, ainsi que les clefs de la Mustang.

– Tu ne pouvais pas envoyer Anna ?

– Anna dort le samedi matin. Elle était tellement fatiguée hier soir. Pour appeler M. Rowe, je suis allée téléphoner du living-room, je ne voulais pas la réveiller. Après, j'ai pris trois Valium : ça m'a fait du bien, je me suis endormie tout de suite. Anna m'a dit que tu étais passé un moment pour prendre un livre que tu avais oublié. Je ne t'ai même pas entendu. Alors qu'Anna, qui a pourtant le sommeil plus lourd que moi, t'a entendu, elle !

Le Dr Keefe était un vieux médecin que nous avait recommandé Jack. Anna ne l'avait appelé que parce qu'elle n'avait pas trouvé l'autre, un médecin dont je n'avais jamais entendu parler. C'était un gynécologue qui avait examiné Edith sans qu'elle en dise rien. Mais Anna le savait, comme elle savait qu'Edith n'avait été chargée d'aucun travail par la banque : elle était allée pendant cinq jours en clinique à San Francisco, au service gynécologie, précisément, pour une série d'analyses.

Mais cela, ce n'est pas Anna qui me l'apprit. Anna partit le mardi suivant, plus tôt que prévu, en emportant toutes ses affaires. Je l'avais aidée à charger sa voiture, et nous nous sommes dit adieu là, devant la maison. Edith était toujours au lit avec la fièvre. C'est la dernière fois que j'ai tenu Anna dans mes bras, et aussi la première fois que je n'en éprouvai aucune émotion. Ce n'est que le lendemain qu'Edith parla.

À la clinique, les analyses n'avaient donné aucun résultat alarmant. Elle était enceinte d'un peu plus d'un mois. Mais elle ne l'avait pas dit à Anna : elle lui avait raconté qu'elle se trouvait en très mauvaise santé, et que les seules prescriptions étaient de ne pas faire d'efforts physiques, de ne pas se fatiguer, de ne pas boire, de ne pas fumer : toutes les habituelles prescriptions médicales compte tenu de son état.

– Pourquoi n'as-tu rien dit à Anna ?

— Je voulais, au moins au début, que ce soit un secret entre nous. Je ne lui ai rien dit, mais elle l'a compris. C'est pour ça qu'elle est partie plus tôt, j'en suis sûre.

Edith ne quitta plus le lit. Il y avait à la maison une infirmière qui lui préparait aussi ses repas. Mais moi, tous ces jours-là, ne voulant pas sortir pour aller au restaurant, j'appris à faire la cuisine. À part les heures strictement nécessaires à mes cours et à mes séminaires, j'étais toujours à la maison.

— Pourquoi m'as-tu raconté ce gros mensonge à propos de ton voyage pour la banque ? Si tu savais ce que je me suis imaginé !

Et je lui racontai, un peu comme une plaisanterie, tous mes soupçons : sur un soupirant que selon moi elle avait à la banque, sur Helena qui était au courant et qui la protégeait de ma jalousie excessive.

Comme elle riait, elle, à l'idée d'une Helena complice !

— Mais pourquoi ne m'as-tu pas dit que tu voulais aller en clinique ?

— Parce que ça ne me plaisait pas d'y aller. Et puis, après t'avoir raconté cette histoire, j'avais presque l'impression de ne pas être à la clinique. Je te téléphonais, et il me semblait vraiment être en voyage comme je te le disais. J'avais des cartes routières, j'inventais des itinéraires, et au téléphone, je te lisais le nom des villages. Parfois je me trompais, c'était écrit tellement petit !

— Mais au point de rapporter tous ces cadeaux pour Anna et pour moi ! Ç'a dû te donner du mal, de trouver tous ces dépliants ! Et les histoires que tu nous a racontées ! Est-il possible que la clinique te déplaise à ce point ?

— La clinique me faisait peur, je croyais que j'avais un cancer. Ce que j'ai fait a été très simple, je suis sortie de la clinique le vendredi matin, et je suis allée dans une agence de voyages et dans quelques boutiques autour d'Union Square, Stockton, Powell, Post. Ce n'était rien du tout, et je me suis bien amusée ! L'important maintenant, c'est que tout aille bien.

Je sortais de sa chambre pour aller me faire à manger. La cuisine était au fond du couloir, face à la chambre d'Anna, la chambre d'ami. Trois ans plus tôt, une seule et unique fois, Edith et moi avions dit que ce serait la chambre d'enfants.

Je retournais auprès d'elle, je l'aidais, je la veillais. Je restais à lire dans un coin tandis qu'elle tombait dans de longs assoupissements. Le gynécologue, qui venait maintenant régulièrement tous les deux jours, avait dit que tout irait bien à condition qu'elle bouge le moins possible.

Les yeux fixés sur un livre ouvert, je me disais qu'il n'existait aucun être au monde plus sincère qu'Edith. Et non pas malgré ses mensonges, mais à cause justement de ses mensonges. Elle mentait si bien et avec tant de vivacité précisément parce qu'elle était sincère. Ses mensonges n'étaient en effet que des mots. Elle ne croyait pas aux mots, ni aux signes. Elle croyait seulement à la réalité des sentiments, et les sentiments pour elle n'avaient pas besoin d'être communiqués. Même, ils ne pouvaient pas, et ne devaient donc pas être communiqués, toute expression étant fatalement un mensonge. La véritable communication, la sincérité, Edith pouvait seulement la vivre. Il était inutile que je me demande si elle savait ou non pour Anna et moi. Avait-elle deviné ? Le soupçonnait-elle ? De toute façon, elle avait appris à me connaître, et depuis quelque temps elle sentait que quelque chose en moi lui était hostile. En même temps, je l'aimais plus que qui que ce soit au monde. C'était là pour elle une réalité. Même si elle savait pour Anna et moi, elle pouvait feindre de l'ignorer, elle pouvait mentir.

Son état s'aggrava. Elle risquait d'être opérée d'urgence d'un moment à l'autre et de subir un avortement thérapeutique. Nous l'emmenâmes à la clinique en ambulance.

À partir de ce moment, le souvenir me semble si proche, même si huit ans ont passé, que je n'aurai jamais le courage de l'affronter.

J'ai vendu aussitôt la maison de Berkeley, et je vis depuis lors à Austin, Texas, où j'enseigne à l'Université. Je ne veux plus retourner en Europe.

Combien de poètes ont tué leur Béatrice
parce qu'elle était morte !
J'aime mieux te tuer
parce que tu es vivante.

M.S.
21 juin 1977.

Littérature

Cette collection est d'abord marquée par sa diversité : classiques, grands romans contemporains ou même des livres d'auteurs réputés plus difficiles, comme Borges, Soupault, Goes. En fait, c'est tout le roman qui est proposé ici, Henri Troyat, Bernard Clavel, Guy des Cars, Alain Robbe-Grillet, mais aussi des écrivains étrangers tels que Moravia, Colleen McCullough ou Konsalik.

Les classiques tels que Stendhal, Maupassant, Flaubert, Zola, Balzac, etc. sont publiés en texte intégral au prix le plus bas de toute l'édition. Chaque volume est complété par un cahier photos illustrant la biographie de l'auteur.

ADLER Philippe	Bonjour la galère ! 1868★★
AKÉ LOBA	Kocoumbo, l'étudiant noir 1511★★★
ALLEY Robert	La mort aux enchères 1461★★
AMADOU Jean	Les yeux au fond de la France 1815★★★
ANDREWS Virginia C.	Fleurs captives :
	- Fleurs captives 1165★★★★
	- Pétales au vent 1237★★★★
	- Bouquet d'épines 1350★★★★
	- Les racines du passé 1818★★★★
	Ma douce Audrina 1578★★★★
APOLLINAIRE Guillaume	Les onze mille verges 704★
	Les exploits d'un jeune don Juan 875★
AUEL Jean M.	Ayla, l'enfant de la terre 1383★★★★
AVALLONE Michaël	Une femme nommée Golda 1853★★★
AVRIL Nicole	Monsieur de Lyon 1049★★★
	La disgrâce 1344★★★
	Jeanne 1879★★★
BACH Richard	Jonathan Livingston le goéland 1562★ illustré
BALZAC Honoré de	Le père Goriot 1988★★
BARBER Noël	Tanamera 1804★★★★ & 1805★★★★
BAUDELAIRE Charles	Les fleurs du mal 1939★★
BAUM Frank L.	Le magicien d'Oz 1652★★
BINCHY Maeve	C'était pourtant l'été 1727★★★★★
BLIER Bertrand	Beau père 1333★★
BONTE Pierre	Histoires de mon village 1774★★

BORGES & BIOY CASARES	*Nouveaux contes de Bustos Domecq* 1908★★★
BORY Jean-Louis	*Mon village à l'heure allemande* 81★★★
BOVE Emmanuel	*Mes amis* 1973★★★
BRADFORD Sarah	*Grace* 2002★★★★ *(juin 86)*
BRENNAN Peter	*Razorback* 1834★★★★
BRISKIN Jacqueline	*Paloverde* 1259★★★★ & 1260★★★★
	Les sentiers de l'aube 1399★★★★ & 1400★★★★
BROCHIER Jean-Jacques	*Odette Genonceau* 1111★
	Villa Marguerite 1556★★
BURON Nicole de	*Vas-y maman* 1031★★
	Dix-jours-de-rêve 1481★★★
CALDWELL Erskine	*Le bâtard* 1757★★
CARS Guy des	*La brute* 47★★★
	Le château de la juive 97★★★★
	La tricheuse 125★★★
	L'impure 173★★★★
	La corruptrice 229★★★
	La demoiselle d'Opéra 246★★★
	Les filles de joie 265★★★
	La dame du cirque 295★★
	Cette étrange tendresse 303★★★
	La cathédrale de haine 322★★★
	L'officier sans nom 331★★
	Les sept femmes 347★★★★
	La maudite 361★★★
	L'habitude d'amour 376★★
	Sang d'Afrique 399★★ & 400★★
	Le Grand Monde 447★★★★ & 448★★★★
	La révoltée 492★★★★
	Amour de ma vie 516★★★
	Le faussaire 548★★★★
	La vipère 615★★★★
	L'entremetteuse 639★★★★
	Une certaine dame 696★★★★
	L'insolence de sa beauté 736★★★
	L'amour s'en va-t-en guerre 765★★
	Le donneur 809★★
	J'ose 858★★
	De cape et de plume 926★★★ & 927★★★

CLAVEL Bernard (suite)	*Le Seigneur du Fleuve* 590★★★
	Victoire au Mans 611★★
	Pirates du Rhône 658★★
	Le silence des armes 742★★★
	Écrit sur la neige 916★★★
	Tiennot 1099★★
	La bourrelle - L'Iroquoise 1164★★
	Les colonnes du ciel :
	1 - La saison des loups 1235★★★
	2 - La lumière du lac 1306★★★★
	3 - La femme de guerre 1356★★★
	4 - Marie Bon Pain 1422★★★
	5 - Compagnons du Nouveau Monde 1503★★★
	L'homme du Labrador 1566★★
	Terres de mémoire 1729★★
	Bernard Clavel, qui êtes-vous ? 1895★★
COLETTE	*Le blé en herbe* 2★
CORMAN Avery	*Kramer contre Kramer* 1044★★★
COUSSE Raymond	*Stratégie pour deux jambons* 1840★★
CURTIS Jean-Louis	*L'horizon dérobé :*
	1 - L'horizon dérobé 1217★★★★
	2 - La moitié du chemin 1253★★★★
	3 - Le battement de mon cœur 1299★★★
DAUDET Alphonse	*Tartarin de Tarascon* 34★
	Lettres de mon moulin 844★
DÉCURÉ Danielle	*Vous avez vu le pilote ? c'est une femme !*
	1466★★★ illustré
DELAY Claude	*Chanel solitaire* 1342★★★★ illustré
DHÔTEL André	*Le pays où l'on n'arrive jamais* 61★★
DOCTOROW E.L.	*Ragtime* 825★★★
DORIN Françoise	*Les lits à une place* 1369★★★★
	Les miroirs truqués 1519★★★★
	Les jupes-culottes 1893★★★★
DOS PASSOS John	*Les trois femmes de Jed Morris* 1867★★★★
DUMAS Alexandre	*La dame de Monsoreau* 1841★★★★★
DUTOURD Jean	*Henri ou l'éducation nationale* 1679★★★
DZAGOYAN René	*Le système Aristote* 1817★★★★
ESCARPIT Robert	*Les voyages d'Hazembat* 1881★★★★
FERRIÈRE Jean-Pierre	*Jamais plus comme avant* 1241★★★

MAI 1986 :
J'AI LU FÊTE SON N° 2000

A cette occasion,
J'ai lu réédite
ses 70 plus grands succès
dans une série spéciale :
la série Superstars.

FÊTEZ L'ÉVÉNEMENT AVEC J'AI LU
ET RECEVEZ UN CADEAU !

Avec la série Superstars, J'ai lu
vous offre une magnifique montre à quartz !

Il vous suffit pour cela de faire découvrir
les Superstars J'ai lu à trois de vos amis.

Tous les détails seront dans les livres
de la série Superstars... Alors, n'oubliez pas de
les demander à votre libraire dès le mois de mai.

Vous les reconnaîtrez facilement
grâce au macaron
"J'AI LU SUPERSTARS SPÉCIAL 2000"
apposé sur la couverture.

1989
★★★

Impression Brodard et Taupin à La Flèche (Sarthe)
le 4 avril 1986
1922-5 Dépôt légal avril 1986. ISBN 2 - 277 - 21989 - 4
Imprimé en France

Editions J'ai lu
27, rue Cassette, 75006 Paris
diffusion France et étranger : Flammarion